青い夕闇

青い夕闇

ジョン・マクガハン

東川正彦訳

国書刊行会

The Dark
John McGahern
1965

アンニッキ・ラークシに

1

「もう一度言ってみろ。さっきはなんて言ったんだ。聞こえたぞ」

「何も言ってません」

「いいから声に出してみろ」

「何か言ったかどうかも覚えてません」

「F-U-C-K《ファック》って言ったんだろ。全くきたならしくて醜い言葉だ。そんなことで、こけおどしをかけたつもりか」

「本気じゃなかったんです。つい出ちゃったんです」

「頭の中の汚らわしい考えが出てしまったというわけだ。今度だけは思い知らせてやらなくちゃいかんようだな。死んだ母さんのことを忘れたのか。ずっと黙っているつもりか。虫も殺さない顔して、知らんぷりで通すつもりか。そうはいかんぞ、わしが思い知らせてやる」

彼は棚の脇の釘にかけてある、普段、髭剃りを研《と》ぐのに使っている重い革砥《かわと》を手に取った。

「一緒に来るんだ。上に。今度だけは教えてやらんと。今度だけは教えてやらんとな」顔に血を昇らせながら、歯の間から搾《しぼ》り出すような恐ろしい声で、ゆっくりと言った。「簡単には忘れられないようなお仕置きをしてやる」

「本気じゃなかったんです、父さん、本気じゃなかったんです。するっと出てきてしまっただけなんです」

「階段を上がれ、ほら、ちゃんと歩くんだ。いいか、階段を上がれと言ってるんだ」

マホニーは肩を押してドアを開け、階段に向かう廊下に彼を押し出した。

「歩け、歩け、歩け」彼は一緒に進みながら、ずっとうるさく言い続けた。「ほら速く。そっちの部屋じゃない」いつも父と二人で一緒に寝ている部屋の方を見て言った。「妹たちの部屋の方だ。誰か見ていた方がいい。この家のものが忘れられないようなお仕置きをしてやる」

ドアに向かって娘たちが寝ている二つの大きなベッドがあり、その二つのベッドの間には小さなテーブルがあった。ベッドの上の壁には『キリストの昇天』の絵がかかっている。火のない暖炉の脇に合板の衣装棚と黒い革のアームチェアがあった。二人が入ってきたので、モナが驚いて布団をはいで起き上がった。

「これから、こいつにお仕置きをしてやる。お前たち良く見ておけよ。さあ、服を脱げ。これから教えてやる。早く。脱ぐんだ。服を脱ぐんだ」

気が遠くなるほどの恐怖を感じながら、彼はゆっくりと上着を脱いで、すすり泣いた。

「やめて、父さん、本気じゃなかった。するっと出ちゃったんだ」

「シャツも脱ぐんだ。早く。一日中ここにいるわけにはいかんぞ」唾液が白い泡になって唇の端についていた。部屋の壁の向こうを眺めていた。革砥がズボンに当たって、獣の尻尾のように、ぴくぴく動いていた。

「ズボンを脱げ。さっさとするんだ」

「いやだ、いやだ」

「ズボンを脱げと言ってるんだ」

彼は少し近づいただけだった。手も上げなかった。息子が無理矢理服を脱がされるのを見ているだけで、十分満足を覚えているようだった。

「ズボンを脱ぐんだ」恐ろしくて泣いている間に、ズボンがずり落ちて床の上の足首の周りに丸まった。

「シャツもだ」彼は歯をきしらせて静かに言った。シャツを脱ぐと、少年は丸裸になった。彼は革砥でアームチェアの方を指した。

「あの椅子に行って顔をしっかり押しつけておけ。尻に喰らわせてやる、簡単には忘れられないような奴をな」

「いやだ、父さん、やめて。本気じゃなかったんです」最後まですすり泣いて訴えたが、結局彼は椅子に向かい、怪我をした動物のように、じっとしていた。彼の中で何かがはじけたようだった。彼は流れ出てくるものを抑えることができず、それが椅子の革の上に広がって行った。裸にされて革の鞭が自分の肉に振り下ろされるのを待っているときの恐怖は、今までに想像をしたこともないようなものだ。鞭が来るのだろうか。避けることはできないのだろう。でもこうして待っているときの方がひどく恐ろしい気持ちだ。

「今度こそ本当にお仕置きをしてやるからな」革が振り下ろされると、彼は叫び声を挙げた。鞭は彼の耳のそばを過ぎて椅子の肘掛に当たり、大きな音を立てた。彼の全身はこわばり、汗が噴き出した。しかし信じられないことに、実際にはまだ身体を打たれてはいなかった。

「やめて、やめて、やめて」彼は立ち上がろうとしながら、泣き声を出した。

「動くな。動くんじゃない。動くと尻を切りとってしまうぞ。これからお前に本当にくれてやるものを、ちょっと味わわせてやっただけだ。これから見せてやるから、その叫び声を止めるんだ」彼は恐ろしくなって、また顔を椅子につけ、動くこともできなかった。震えるような痙攣が始まり、苦しくなり、どうしようもない惨めな気持ちで一杯になった。あの黒い革が今度は自分の肉を裂くのだ、と考えるだけで、死ぬよりも恐ろしい感じだった。

それはさっきと同じようにやってきた。まるで肘掛のところでライフル銃が爆発したようだ。さっきと同じように苦しい狂乱状態になる。彼は以前に鞭をふるわれたことなどなかったので、本当のような気がしなかった。

「動くな。それからその叫び声を止めるんだ」ただおとなしく、じっとして震えながらすすり泣くだけになると、前と全く同じように三度目が振り下ろされた。何もわからなかった。椅子の黒い肘掛に置かれた耳のそばで革の音がはじけたとき、いま自分がどの部屋にいて、何をしているのかさえも分からなかった。

「そのわめき声を止めて立つんだ。早く。黙るんだ。こんどは本当にお前の裸の身体にくれてやるからな。どんなもんだか分かっただろう。服を着ろ。幸運だったと思うんだな。さあ起きるんだ、起きろ」

これで終わったんだということがやっとのことで分かった。努力をしなければ椅子から足をどかすこともできなかった。椅子から引き剝がすという感じだった。彼は裸で床の上に立った。震えるような泣き声はまだ止まらなかったが、次第に小さくなった。彼はモナがベッドの中でおびえて泣いているのに気が付いた。そのときマホニーは言った。「ベッドの中のお前、心配する前に黙れ。黙るんだ。今のを見て自分の教訓にするんだな。お前がこの何日か具合が悪くて臥《ふ》せっていたのか、その振りをしていたのかは知らんがな。それからそっちのお前、早く服を着ろ、ぐずぐずしないで下に行くんだ」彼は部屋を出て行く前に裸の少年の方を向いた。まだ怒りのおさまらない赤い顔。手にはだらんとした革砥があった。

両手が震えてぎこちなくなっていたので、彼が行ってしまってから服を一つ一つ集めるのは、本当に大変だった。それに、言葉にできない、いろいろな考えで頭が一杯になってきて、とてもいやな気分だ。自分の身に何が起きたのか何一つ把握できなかった。今までで一番ひどい恐怖。もう何もかも意味のないことのように思われた。何年も前に母親が亡くなってしまい、それからというもの彼はずっとこんな仕打ちを受けているのだ。母が死んだ線路脇で、彼女のために野生のイチゴを摘《つ》んだ、あの晴れた日のことを思い出した。

「お父さん、本当に打ったの」モナがベッドの中から聞いた。

「いいや」

そう言うと、気持ちが高ぶってしまい、最後に残った服を手にして、急いで部屋を出て行かなくてはならなかった。玄関から、かんぬきのかかった避難所になっている古い外便所に向かった。空気穴からそよ風が入ってくる。誰でもこの暗闇の中で腰をおろせば気分が安らぐのだ。そしてジェイズ・

フルイド[1]の悪臭の中で、憎悪と自己憐憫で一杯になって涙を流すのだった。そうするとそのあとは、いくらか落ち着いて、また何とか自分の道を進んで行けるような気持ちになるのだった。

1——殺菌剤の商標名。

2

　たいていは理由もなく、ただ彼の機嫌が悪いときに笑ったからといった些細なことで、子供たちはよく鞭をふるわれた。しかし一方彼らの方も、どうすれば彼が困るかということを学んできた。自分たちの生活を彼から閉ざす、すなわち無視して放っておくのだ。

「この家じゃ、絶対にどいつもわしに話しかけてこないつもりだな。これじゃひどい病気にでもかかった方がよっぽどましだ。全く一体、誰の助けも借りずに誰がお前らを育て上げたと思っているんだ。誰が食い扶持を稼いでいると思ってるんだ」彼は文句を言った。

　彼らは憂鬱そうな顔をして、黙って聞いていた。しかし彼らは目を合わせると、首をすくめてひそやかに笑いあうのだった。彼はどちらも我慢できなかった。彼が一人で外に出ると、彼らは彼を家に入れなかった。彼が野蛮な振舞をしても、文句を言っても、入り口が開くことはなかったが、彼の機嫌が直り、たとえばダフィー広場や、川に行こうなどと言い出したときに、彼一人だけで行かせるのも面白くなかった。

「明日あたり釣りに行ったらいいだろうな」

彼らは何も答えなかった。彼らは彼を眺め、それから顔を見合わせる。信用できない。

「どうしてお前ら声を出さないんだ。朝のミサが終わったらサンドイッチを持って一日遊びに行こうじゃないか」

「楽しいでしょうね」と言ってはみたが、確信はできなかった。出かけて行こうという気になるほどには、彼を信用していなかった。

「レモネードを買って、ノックヴィカーのほとりでサンドイッチを食いながら飲もう。パイク[1]だって釣れるだろうよ」

それを聞くと彼らは突然釣りに行きたくなり、彼を信用することにした。とにかく、自分達の父親であることは確かだし、今度は今までとは違って、楽しいことになるかもしれない。彼らは笑った。明日みんなでタールを塗った小舟に乗ってノックヴィカーへ行こう。

川岸の柳の木に繋がれていた古い舟は、底に塗ったタールやピッチが砂地にくっついてしまっていた。枯れた柳の葉と、魚の鱗が、舟板や骨組の上に落ちていた。

彼らが座席に坐ると、彼がもやいを解き、舟の縁《へり》に片方の膝を乗せて、川に押して行き、舟が流れに乗ると、動いている間に、舟の中によじ登り、坐った。彼が漕いでいる間に、彼らは疑似餌をつけた針を沈めた。

「気をつけろ。糸はピンと張るんだ。二十ポンドもあるような奴がオートバイに乗ってモーランズ・ベイを泳ぎ回っている音が聞こえるぞ」彼はそう冗談を言い、彼らは笑った。疑似餌に何かがかかった振動で、白い釣り糸を持つ指が震え、叫び声があがった。

「かかった。父さん。引いてる。早いよ」

「糸をたるませちゃいかん。逃がすんじゃないぞ」彼も叫び返した。力を込めて漕ぎ始めた。「そのままで舟の方向を変えるんだ」彼は叫びながら、糸をたぐるためにオールを離した。彼らは彼の代わりにオールを取ろうとしたが、興奮しすぎていて力一杯漕げなかった。

「舟を止めるんじゃない」彼はそう言わねばならなかった。

彼らは、彼が糸をたぐりながら、暴れる魚をぐんぐんと近くに引きよせる様子を見ていた。

「これはいい魚だぞ。底の方に深く潜ろうとしている」

それから魚は、水面を滑るようにして舟に近づいた。口を開き、凶暴な白い歯を見せた。上あごには疑似餌の付いた針が刺さっている。魚は舟の脇で最後の抵抗をした。とても危険だ。針が深く刺さっていないと、もがいているうちに逃げてしまうのだ。勢い良く逃げられでもしたら、さぞかしがっかりだったろうが、マホニーが身を乗り出して、指を魚のえらに掛けて舟の上に引っ張り上げた。

「四ポンドだな。これからが始まりだ。まちがいない」

彼らは舟板の上のパイクを眺め、満足した。きらきら光る背中の黄色い縞模様、白い膨らんだ腹、そして、えらから血を流しながらカチカチ音をさせてあえいでいる凶暴な歯の並んでいる顎。

舟を再び動かしたときに、疑似餌を全部水底から回収した。二度目のミサを知らせる鐘の音が、はっきりと水の上に聞こえてきた。

「まだ十一時だし、申し分のないパイクもいる」漕ぎながら彼は言った。じきに、遠くの方からミサに向かう車の音や、橋を渡りながら話をしている人の声などが、オールがたてる規則的なさざなみの音に混ざって聞こえてきた。静かになった時、三つ目の鐘が鳴った。

「ミサが始まるな。早起きして一回目のミサに出ておいたから、良かった。ぐずぐずしてたらすぐに一日が終わってしまうからな。無駄に過ぎてしまう」

「でも、ぼくたちはパイクを捕まえたよね、父さん」

「そうさ、それに川で過ごせる時間はまだまだたっぷり残っている」

「今度はわたしのだ」叫び声があがった。またかかったのだ。先ほどと同じ格闘が始まった。それから舟は狭い流れに入り、オークポートの方へと滑って行った。そこは静かな流れになっていて、木の枝が川面に垂れていた。大きなブナの根元に生えたコケの中に野生のイチゴが見え、森の方を向いた牧場には牛の群れがいた。彼は枝の下を漕いで行き、ノックヴィカーに向かった。そこへ着くと彼は郵便局の中にある店でレモネードを買ってきて、みんなで川岸でサンドイッチを食べた。飲み終わった瓶を返したあと、彼らが遊んでいる間、彼は顔に麦藁帽子を乗せて眠った。

一時間もしないうちに目を覚ましたが、まだはっきりとしていないようでいつもと様子が違った。しかし川岸からオールで舟を押して行きながら「これが生きてるってことさ」と言った。この一日を素晴らしい日にしようという張り詰めた気持ちがあった。家に帰る舟の中には、けだるい沈黙が漂い始めた。マホニーは黙ってオールを漕いだ。オークポートの水は静かだから漕ぐのは大変ではなかったが、狭い入り江を出るとき、一度だけひどい風と格闘しなくてはならなかった。

「普段し慣れていない昼寝などしたから、頭が痛くなった」彼はくたびれていて、川の流れが逆らうたびに、文句を言った。激しい流れのところで、彼らはうっかり釣り糸を絡ませてしまった。怒られるのではないかと心配しながら一心に戻そうとしたが、遅すぎた。絡まった糸を見るや、彼のいらいらが爆発した。

彼はオールを離して言った。「おい、なんなんだ。わしがこの風に苦労しながら背中を痛くして漕いでいるのに、ちゃんと糸を見ていなかったとは、お前たちは本当に愚図の怠け者だ」

一本を除いて、竹の釣り竿から伸びている疑似餌を付けた糸はみな絡まっていたので、元に戻すのには何時間もかかりそうだ。

「これを戻すのには一日かかるぞ。何でお前たちを魚釣りになんか連れてきたんだろう。戻るときに一つの餌しか使えないじゃないか。何でお前たちを連れてくる気になったんだろう。ああ、なんてこと、なんてこと。こんなあほうな奴らと一緒に舟に乗っていなくちゃいけないとは、なんという不幸だ」彼は叫んだ。彼の言葉を聞きながら、彼らは憎しみの気持ちで一杯になり、やはり信用すべきじゃなかったんだ、大体外出だってしたくはなかったのに、と思った。彼らはその気になれば彼の喉に手をかけることだってできたかもしれないが、あまりに恐ろしくて、舟の中で少しも動くことができなかった。

怒ったときの癖で、彼は歯をきしらせていた。そして二人に手を伸ばして、身体を激しく揺すった。「わしが死にそうになっていたときに、何もしないでいた役立たずめ」彼は大声で怒り、その勢いで舟が危険なほど揺れた。

「こんな奴らと一緒に暮らすなんて、何でこんな試練を受けねばならんのだ」彼は文句を言いながらオールに戻り、激しい怒りのせいで、ものすごい勢いで漕ぎはじめた。舟は流れに逆らって進み、竹の釣り竿から伸びた糸は、舟のスピードでピンと張り、疑似餌ははるか後ろの水面をすべるように光りながら流れていた。

彼らはオールの動きを眺めるのにも飽きて、黙って坐っていた。オールを動かしながら彼が「全く、あああ、なんということ、なんということだ、こんなひどい話があるか」と絶えず言っているのを聞いて、彼らは良心の痛みを感じ、これならばまだ暴力を受けた方がましだと思った。

カモメたちが、マッケイブ岸の葦《あし》に囲まれた自分たちの岩場の上を飛びながら、キーキーと鳴いている声が、まるで彼らの憎しみの感情に当てられる弓鋸の音のように聞こえた。

彼らはずっと押し黙ったまま、魚と絡まった糸を家に持ち帰った。家に帰ると彼の気分が変わった。

「ともかく外出できて、今日は良い日だった」彼は感激したように言った。

「そうだね」彼らは非常に用心深く答えた。

「川へはもっとしょっちゅう行ったほうがいいな」

「そりゃいいだろうな」

「トランプをやろう」彼は窓辺にあったトランプの箱を手にした。

「片付けがあるし、明日のご飯の用意もしなくっちゃ」

「一晩中かかるわけじゃなかろう。あとで何とかすればいい」

「それからパイクの鱗を取ってわたしも出しておかなくちゃ。この時期だとすぐに悪くなっちゃうわ。そんなに時間はかからないと思う。それからやりましょうよ」彼らはこうかわした。

彼らは流し場に集まって、やるべきことをやったが、そう多くの仕事はなかった。大きなパンナイフで鱗を落とし、アルミの鍋にベーコンとキャベツを入れ、ジャガイモを洗って用意すると、たそがれ時になり、缶に入れた蠟燭の火が点《とも》され、窓辺に置かれた。

「誰かトランプをやりたいものはおらんのか」仕事を終えたとき、誰かがそっと彼の口真似をすると、みんな息ができなくなるくらい笑った。

彼らは流し場でじっとして様子をうかがった。彼の椅子が音を立てていた。彼が一人でトランプをしているとき、いつも唇から出てくるシーッという音が聞こえた。服の袖についたボタンが、テーブルの縁にこすれる音もした。トランプを集め、一人遊び《ペイシエンス》をするためにパラパラと配っている間、彼の手はテーブルの緑色をした柔らかい表面を撫でていた。彼らは流し場の窓辺の髭そり用の鏡の前で燃えている蠟燭の光に照らされて、お互い、分かったね、という感じで微笑んだ。

「一人で遊ばせておこう」

3

彼と一緒に寝なくてはいけない夜は最悪だった。彼は愛情を確かめに来るのだった。彼がベッドにやって来るのを待っている間の緊張。その間は眠れない。三十二枚ある天井板を数えて途中で数がわからなくなったり、ワニスが塗ってある濃い染みを見つけようとしたりして待っているのは最高に気分が悪いことだった。ベッドの足に付いた壊れた真鍮の鐘に映る月の明かりを見たり、身体の向きを変え、耳を澄ませ、また向きを直して、過ぎ去った日のことや、かつてされたこと、されずにおかれたことなどを思い返したり、母親が亡くなった六月の日々のことを思い出したりして時間を過ごす。

そんなことを考えながら過ごしていた静かな時間が、玄関のドアが開く音、セメントの床の上の足音、飲んだときにはいつも消えかけた火の上に小便をかける音、そして最後に靴をぬいだ足で階段を上ってくる音で、破られてしまう。

彼がやって来る。石のように固くなって、じっとしていることしかできない。

「寝てるのか」

何があっても、板のように硬くなってじっと目を閉じていること。

「寝てるんだな」

彼のたっぷりした服が床に落ちる柔らかい音を聞くと、ちょっとの間ほっとする。そのあと時計のねじを巻く音がする。

シーツをめくる音が聞こえない。突然静かになり、それから床の上の脱いだ服から何かを探している音が聞こえてくる。マッチが擦られて闇の中で炎が光る。それが彼に近づいてくる。顔に炎の熱さを感じる。まぶたの裏に赤い火の色が見えるようで、まるで血に染まったカーテンを見ているようだ。叫び声を上げて彼は横向きになり、両手を顔に当てる。炎が消えて、マホニーの指の間で黒い燃え滓《かす》になっているのが見える。彼の顔は疑惑で醜くゆがんでいる。

「目覚めがいいじゃないか」

彼は気を静めて答えなくてはならなかった。

「寝ていたんだけど、何か感じたんだ」

マッチの火は消えていた。

「寝ているようには見えなかったがな」

「寝てました。びっくりしたから目が覚めたんです」

恐れの気持ちが、怒りに変わった。そしてその怒りのせいで、もう遠慮しなくていいような気になった。寝ているかどうかを確かめるために、夜中に燃えているマッチを人の顔に近づける権利が、一体誰にあるのだろう。

「ぼくが寝ていたのに、マッチで脅かしたんでしょ。マッチを擦って、何をしたかったの」

「いや、お前がちゃんと寝ているか、具合が悪くはないかどうか見たかっただけだ。脅かすつもりはなかった」

窓のそばで彼は緑色の時計のねじを巻いた。ねじは沈黙の中で巻かれた。彼は服をまとめると、ぎこちなくベッドに入ってきた。足の下の方が、土くれのように冷たかった。

「寝られるか」

「じきに寝られると思うよ」

「起こして悪かったな。お前が変わりないか確かめたくてマッチを点《つ》けたんだ。怒らんでくれ」

「気にしてない。大丈夫だよ」

「大体こんな狭いところにわしらが詰め込まれているということが問題なんだ。このところ話もしていないし。人間は時々外に出なくちゃいかん。お前外出は好きだろ。一緒に街へ行こう。ロイヤル・ホテルで茶を飲むんだ。気分転換になる。いつもと感じも変わるぞ。自分から狭いところに閉じこもっていちゃだめだ。街へ出かけるのは好きだろ」興奮してだんだん落ち着かない声になってきた。

「いいだろうな」疲れた感じで答えを返す。気持ちを和《なご》ませようと、こうして真夜中から朝まで続く会話が今まで何度あったことか。こんな風に仲直りだか理解だかをしようと努力して話す時間が、その夜の眠りの時間と同じくらい続くのだった。そして朝になると嫌な気分まで変えられてしまっているのだった。恥ずかしさと、混乱と、嫌悪感。ぼろのように薄汚い愛撫。気分を変える努力は彼がするのではなかったし、話し合いで気分が変えられるのでもなかった。言葉よりもっとひどいことが、そういった夜には起こっていたのだ。

「どんな家もみんな違うものだ。物事はいつでもすんなり進むわけじゃない。思っていても、すんなりとは行かないもんだ」

「そうだね」

「それがわかっていればいいんだ。大事なのはそのことだけだからな。たとえ物事がすんなり進まなくてもそれが分かってさえいれば、みんなの気持ちが正しい限りは、起きたことなんか問題じゃない。悪いことはそんなに長く続くもんじゃない。そうだよな」

「その通りです」

「天国にだって厄介なことはあるものだ。厄介ごとは場所によってみんな違うもんだ。そんなことは問題じゃない。人は腹を立てたり、あることないこと言ったりやったりするが、愛があれば問題じゃない。たとえ何があっても、わしがお前のことを大事に思っているってことは、分かってるだろうな」

「はい」

「そしてお前はお前の父を大事に思っているな」

「はい」

「それじゃ父にキスをしてくれ」

手が置かれ、彼の顔にもう一つの顔が近づいてくる。朝剃ったあとの鋭いヒゲと鼻が近づき、キスをする。そのあと唾液が半分固まって唇に糸の様についている。いつもと同じおぞましさ。

「何も心配することはない。怖がったり泣いたりする必要もない。お前の父親はお前を愛しているんだからな」そして両手が彼の方に伸びてくる。両手が彼を抱こうと背中に回されてくる。両手がパジャマのシャツの上を動き、腿の方へ軽く降り、今度は力を入れて上がり、その動きと声が一つになる。

「何も心配することはない。お前の父はお前を大事に思っているんだ。こうされるのが好きだろう。いいだろう、ほら楽になるだろう、これで眠れるさ。こうして撫でられるのはいいだろう。呼吸が楽になる。これで眠れるさ」

こんな言葉を優しい調子で言いながら、彼の手は彼の腹を上へ下へと撫で回しながら動き、再び指は腿に触れ、また背中へ戻ってくる。

「そのうち街へ行こう。あちこちの店を見て歩いて、カーリーの店でお前の新しいスーツを探してもいいな。それからロイヤル・ホテルでお茶だ」

両手の動きがますます強くなる。呼吸が速くなった。

「これが好きだよな。いいだろう」彼を両手で撫でながら、息を弾ませたような声になってきた。

「好きです」

他に言うことは何もなかった。何も考えずに、気にしないでいる方が良い。調子の良い言葉を聞いたり、両手で撫でられたりするのは、頭の中に浮かんでくる嫌悪感を忘れることさえできれば、それ自体、気持ちの良いものだといって良い。だんだん暑くなってきて汗が出てくるのは不快だったが、手が動いている間、調子よく歌っているような声を聞かないようにして、気にしないでいれば、抱かれて横になっているのは気持ち良かった。押さえようとしても出てくる嫌悪感を除けば、そんな風にされていることは楽なことだった。

「父さんにおやすみのキスは」

唇が接近し、彼の腕で強く抱かれると、呼吸ができなくなる。息をしたいともがきながら、自分を抱きしめているこの狂った肉体に対する反発が強まってくる。

「おやすみ、良くお眠り」彼は言った。大きく息を吸い込み、唇からキスの痕跡を拭い取ると、やっと解放され、思ってもみなかったような安らぎが訪れた。

「おやすみ、父さん」

「おやすみ、息子。もう寝るんだ」

深い呼吸の音が聞こえてきて、マホニーがあっという間に眠りに入ってしまったということが分かったが、自分が眠ることはもう無理だ。彼のこんな近くで寝るなんてできない。彼の怒りはとても大きかった。マホニーは眠りながら自分の服を全部ひっぱり脱いで、自分の体の脇に大きなボールのように丸めていたので、ベッドの一番隅に横になった彼はシーツだけしか被れなかった。ひどく寒かった。彼の怒りはその寒さの中で次第に消えて行った。寝ている温かい塊を引き寄せるしかなかった。父の巨大な体の下から服をひっぱり出さねばならなかったが、ものすごい力が必要だった。彼が目を覚ましてしまうかもしれないので、そんなことをするのは危ない賭けだった。フーンという声がすると、じっとしなければならない。その声が止むと、部屋の中で時計の針の音が大きな音で聞こえてきた。明かりがあるので、時計の針を読むこともできそうだ。しかし薄い麻のシーツから出て見に行くには遠すぎる。彼はもう一度服を出そうと試みて、やっと掛け布団に手が届いた。これで我慢できる。何を取られたとしても、朝まではもう一枚の毛布があるわけだ。毛布の玉に包まって落ち着かずに眠っているこの塊に対して、狂気のような嫌悪感が湧いてきた。自分のことしか考えていないこの馬鹿げた、眠る塊。

外では、コウモリが庇《ひさし》の周りを鋭い叫びを上げながら休みなく飛んでいた。朝が近づいてきた。蚤が咬んでいる。一匹は肩の上で血を吸っていた。手で探りながら押しつぶそうとしたが駄目だった。

父のこともきっと咬んでいるのだろう。だからこの毛布の塊は落ち着きなく動いているのだ。そうでなければ丸太のように寝ているはずだ。まだ目を覚ましていない。眠りながら掻こうとしている。蚤たちは本当のご馳走にありついているわけだ。彼はじきに起きるだろう。そして実際じきに目を覚まし、毛布を剝がすようにして片腕を出した。

「寝ているのか」

「いいえ」

「何か見つけたか」

「蚤じゃないかな」彼には笑い返す余裕があった。

「一箇所吸われたようだ。きっとすごいことになるぞ。先月のＤＤＴ[1]は効かなかったようだな」

　彼は床に立ち、マッチ箱を見つけて、テーブルの上のランプに火を点けた。

　彼はシャツから始めた。シャツを脱ぐとテーブルの上に広げて細かく調べた。蚤を見つけるたびに、爪で押した。蚤は死ぬか、動かなくなるかだった。両手の親指の爪の間に蚤を挟むと、蚤は完全に死に、小さな赤い小粒が潰されて出た血が爪に付いた。

　蚤狩りが始まった。シーツの五匹は元気良く、なかなか潰せなかったが、毛布にいたのは、血を吸って暖かい繊維の中で動きがのろくなっていたので、簡単だった。親指の爪を集中させ、軽やかに飛んでいる蚤を逃がさず、引き寄せ、一ひねりでまたまた赤い粒にしてしまうのだった。

「このせいで風邪をひきでもしなければ、大丈夫だ」マホニーは作業が終わると言った。「十六匹の蚤がベッドの中にいたか。ＤＤＴの箱を買ってきて、明日家中を燻《いぶ》さなくてはな。これから寝られると思うか」

「大丈夫だと思う」

ランプの火を消そうとして寝返りを打ったとき、マホニーは自分の親指の爪についた赤い血の痕を見た。髪の毛が燃えてしまうくらい低くランプにかがみこみ、うっとりしたように指を近づけた。

「お前の血とわしの血だ。こいつら一晩中わしたちの血を吸ってやがった。ＤＤＴは早ければ早いほどいい。まあ考えてみろ、こいつら一晩中お前の血とわしの血を吸ってやがったんだ」マホニーは言った。

彼はランプの火を吹き消し、ベッドに入った。重い毛布は素晴らしく暖かかった。身体が服の下でくっついていたが、もう嫌悪感はなくなっていた。気にすることはもう何もなかった。

「少し寝るようにしなくては。じき朝になるぞ」

「おやすみ、父さん」

「おやすみ。いい子だから少し寝るようにしなくては」

1——殺虫剤の一つ。粉剤、乳剤などがあるが、ここでは水に溶かして燻す水和剤であろう。残留毒素があるので日本などでは現在使われていない。

4

いとこのジェラルド神父が、毎年決まった時期にやってきた。その訪問は一種の時計のようなものだった。マホニーは嫌っていたが、聖職者の持つ力に対しては畏れの気持ちを抱いていたので、いつも必ず姿を現して歓迎はした。

居間の埃は払われ、きれいに掃除もされた。アームチェアに掛けられていた白い布も取り除かれた。朝早くから暖炉の火が燃やされた。雌鳥がつぶされて、コールド・チキンに料理された。棚の一番下の段にシーツに包んで大事にしまっておかれた母の嫁入り道具の陶器のセットが出された。ランプも点され、暖炉の中の木もシューシューと柔らかな音を立て、テーブルクロスも雪のように白く漂白されてはいたけれど、その部屋も他の部屋と同じように、どこか生気なく見えた。

「学校を出たら何をやりたいんだね」夕方になると神父はそう聞いた。

「分かりません、神父さま。どんなものでも、なれるものならば」

「お前の口から珍しく本当の言葉が出たな」マホニーが出しゃばってきた。「でもどんなものでもいいと思ってるわけじゃないよな。なるようになってしまうかもしれないってことだよな。こいつはわしと同じようになるのさ。自分の家の周りのわずかな畑を作るだけで汲々として、結局は死んで埋められることになるんだ」

「わたくしたちは誰でも最後には埋葬されますよ」神父は氷のように冷たい言い方でそう述べた。その言葉を聞いて父親は何か暴力的なことを言ってやりたいという凶暴な気持ちになった。

「本当にちゃんと埋葬されたいもんだよ」彼はもはや自分の怒りが外に出ていることなど気にせずに言った。「惜しまれながら埋葬されないとすれば、憎まれながら埋葬されるわけさ。どっちにしたって埋葬されるってことは確かなんだから、安心といや安心さ」

神父の白く落ち込んだ頬に赤い血の色が差したが、彼は平静を保っていた。

「彼は小作人になんかはならないですよ。だってずっとクラスで一番なんでしょう」

「一番だったのは、ずいぶん前に一度だけだ」

「時代は変わっている。昔だったら無かった機会もいまじゃたくさんありますしね」

「あったとしてもそんなものはわしには見えないね。イギリスに行くことぐらいだな、わしに見えるのは」

できれば彼は父親のようになりたくなかった。もしできれば神父になりたいと思っていた。木製の説教台、教会の静けさ、イチイや月桂樹の道をお祈りをしながら歩くこと、庭もあり、裏には果樹園もある蔦《つた》の絡まる家、そんなものを彼は夢見ていた。父親の歩いた道ではなく、天国の喜びに通じる名づけようもない道を、一生歩いていくのだ。彼は神の名の元に本当に自由になるのだ。

「心配することはないよ。学校の勉強をしっかりやっていれば、結果はちゃんと出てきますよ」神父は門のところで手を振りながら言った。

「勉強をしっかりやれば、か」彼の父は神父の車が出て行くのを見ながら口真似をした。「奴らは自分のじゃなく、人の金と思えば、将来のことをあれこれ勝手に言うからな。行った、行った。クリスマスは年に一度で結構」

彼は冬の間がんばれる限りがんばって勉強し、夏にはブラザーズ・カレッジ[1]の奨学金を獲得できた。しかし受け取ることにそれほど喜びがあったわけではなかった。

「本当に行きたければ貰え、行きたくなければ貰うんじゃない。お前が決めることだ。あとになって、たった一度のチャンスをわしに邪魔されたなんて恨み言を言われたくはないからな。お前がやりたいようにすればいい」

マホニーが、本当は彼に学校に行かずに畑仕事をしてもらいたいと思っていることは分かっていた。そう分かってはいたが、「貰うことにするよ」と彼は言った。

「そうすればいい。でもあとで苦しくなっても、わしのせいだなんてことは言うなよ」

「学校に行くよ」彼はマホニーに反抗していた。学校に行けば何らかの形でその代償を払わなくてはいけなくなるだろう、ということがわかっていながらそう言った。

中古の自転車を手に入れ修理した。九月になって学校が始まった。

すぐにいざこざが起きた。新しい科目が増えて、今までしていたマホニーの畑仕事の手伝いをする時間がなくなった。彼がジャガイモ掘りをするために学校は休めないと言うと、たちまち喧嘩が始まるのだった。

「できないよ。休んだら勉強が分からなくなってしまう。一度落ちこぼれると、追いつくのは大変なんだ」

「なら行くがいい、だがわしが掘った芋を暗くなる前に畝《うね》の外にみんな出しておくんだぞ」

「早く帰ってくる。暗くなるまでには時間は十分あるさ」

「そんなことはわしには関係ない。しかし暗くなる前に芋が出ていなかったら、お前の葬式を出すことになるからな」

最初の二日は明るいうちに畝をきれいにすることができた。マホニーはがっかりしたようだった。彼はぶつぶつ文句を言っていた。ごたごたを起こしたかったのだ。次の晩にその機会がやってきた。嵐がやってきた。黒い雲が空を走り、風が強く吹き始め、遮るもののないところでは、自転車のペダルを漕ぐのもままならず、せいぜい歩く速さくらいにしか進めなかった。遅くなって彼が家に戻ったときには、妹たちは外に出るのを恐れて台所の中にいた。

「うちのお父さんは乱暴よ。暗くなるまでに掘ったお芋を片付けるなんてできやしないのに」彼女らは怖がっていた。

彼が食事を急いで飲み込んでいると、雨がやってきた。大きな音を立てて最初の雨粒が屋根に落ち、彼らが畑へ向かう頃には、どしゃ降りになった。

皮がところどころ剝がれて、まるで雨の中の人間の腕のように青白くなっている二本のトネリコの木の間でマホニーは仕事をしていた。石でできた境目までずっと長いジャガイモの畝が続き、その表面は雨で洗われ、黒い土に、白や、ピンクや、蠟燭のような黄色の輝きを反射させていた。全ての芋を取るのは無理だろうと思ったが、仕事にとりかからなくてはならなかった。服が雨に濡れて重くなった。風で頬の感覚がなくなってくる。枯れた茎が絡まって大きな固まりになった土が靴にまとわりつく。

しかしマホニーは手を休めていなかった。彼は彼らに注意を向けなかった。石の境目まで進んでいて、掘りながらぶつぶつ言ったり、シャベルで土を強く叩いたりしていた。

「絶対にやめないわ。何をしようとしてるんだかわからない」ジョーンが言った。

「そういう問題じゃないんだ。そんなことは全く関係ないんだ」

彼が泥だらけの畝をぎこちなく歩いてくるのが見えた。

「頼むからバケツをくれ。この芋たちがどうしても出てこない」

彼はこぶしほどの大きさの芋が付いた土の塊をバケツに入れた。あわててやったのでバケツがひっくり返り、彼の入れた芋が畝に散らばった。彼は呪い声をあげてバケツを蹴り始めた。

「みんな駄目だ、みんな駄目だ。何もかもうまく行かん。みんなめちゃくちゃになっちまった」

青いシャツが身体に貼りついて、ズボン吊の下の身体が透けて見えた。彼らは自分たちに矛先が向けられると思った。

「これじゃわしは死んじまう。こんなひどい場所で仕事をしなくちゃいけないとは。駄目だ、駄目だ」彼らにではなく、上を向いて雨に向かって言った。

「こんなめちゃくちゃになっちまって、わしは死んじまう」畝の上を転がるように家に戻っていく間、彼はずっと呪いの言葉をあげていた。

「おかげで厄介払いができた」雨の中彼が戻るのを見て、彼らは冷たく言った。

彼らは掘り続けたが、闇が濃くなってきて、とても終えられそうになかった。彼らはジャガイモの上を歩いていた。

「踏んで地面に埋めていくだけだな、ジョーン」

「でも止めたら殺されるわ」

「そうさせればいい。これ以上は無理だ。中に入る前に土を掛けておこう。それだけでいい」

「でもわたし怖い」

「大丈夫だって。中に入ったらぼくが言ってやる。怖がることはない」

「わたし入りたくない」モナが言った。

「この世の終わりってわけじゃないだろ。結局のところ、たかがジャガイモじゃないか」

しかしなぜ物事は、いつもこんな風に進んでいかなくてはいけないのだろう。なぜ自分たちは幸せになれないのだろう。そんなに難しいことではないと思うのだが。

「ぼくがアサイの祭りに行く時、九人の男とその妻たちに会いました。さてアサイの祭りに行ったのは全部で何人だったでしょうか」

「一人だけでしょう。あとは帰ってくるところだった」

「ロスコモン一のおりこうさんだよ、お前は」彼らはみんな笑いだした。

彼らは畑のあちこちの穴を、多少おかしな感じに見えたとしても、とにかくきれいにしておかなくてはならなかった。三角形に盛り上がった土の角が上に向かって長く伸び、両脇は雨で白く洗い流されて、あちこち染みになって光っていた。彼らは緑色のイグサの箒で土をかけ、それからシャベルですくった土で固めた。

「ああなんてこと、なんてこと、なんてこと」彼らは彼の口真似をした。これは昔から彼らの心を和ませる遊びだった。

「この家の中では、お前らの父親の注意がなくなるまでは、何事も終わったと思うなよ」

「わざと無駄使いをするのは、災いを招くことだ。ああなんてこと、なんてこと、なんてこと」

とても暗くなった。風が強くなり、雨が横殴りに畑の上に降った。果樹園を通り抜けるときには、木に残っていた葉が最後の一枚まで畑の上に次々と落ちていくのが見えた。彼がランプを点け、ブラインドを開けたままにしていたので、彼らは光の黄色いトンネルに向かって闇の中をまっすぐ歩いていくことができた。雨粒が光って輝いて見えた。

マホニーは乾いた服に着替えて台所に坐っていた。暖炉の火は燃えていて、テーブルの上には食事をした跡があった。怒っているというよりも、疲れているようだった。彼はそれでも彼らが濡れて滴《したた》り落ちる服を着てそこに立っているのを見て、文句を言ってへこませなければと思った。

「全部取れたのか」

「いいえ」

「霜が降りてきたら、大変なことになるぞ」

「雨と霜は一緒に来ませんよ」

「いつもそうだというのか。何でも分かってるって言うつもりだな。それで、おりこうさんは今度は大学に行こうっていうんだな」

答えが返ってくる様子はなかった。マホニーはただぶつぶつ言い続けるだけだった。

「で、穴はみんな埋めたんだな」

「やりました。箒で」

「革のメダルが貰いたいのか」彼はからかうように言った。

小さな声で悪態をついただけだったが、着替えをするために部屋に行くと、わっと泣き出し、ベッドの金属の手摺を指が白くなるまで握るのだった。やっと落ち着いて着替えを済ませて下へ行くと、マホニーはまだぶつぶつと退屈な様子で文句を言っていた。

しかしそれもいつかは疲れて止めなければいけなくなる。そして実際にそのぶつぶつ声を止めると、外のタールを塗った樽から溢れて敷石の上にこぼれている水の音が聞こえてくるだけの沈黙の中で、何かもっと深刻なものが大きく脹《ふく》らんできているような不安な気持ちが大きくなってきた。

5

いつか彼女はぼくのもの。薄くて軽いレースや、冷んやりしたシルクに包まれた、夢のような女性の肉体がぼくの手に触れる。

『アイリッシュ・インディペンデント』紙から破った広告のページ。枕の上のぼくの顔のそばに、女性の白黒写真が見えてくる。黒い唇があくびをするように開いている。彼女が着ているぴったりした寝巻きは胸のふくらみでつんと持ち上がっている。白くて細い二本のストラップが裸の肩にかかっている。腕が頭の上に伸びて、両腕の腋の下の毛がむき出しになっていた。

むだ毛処理をしましょう

破いた新聞紙の写真をむさぼるように眺めていると、熱い気持ちになってくる。あの黒い毛に唇を寄せる。自分のと同じ汗の塩気。唇をそのまま胸のふくらみの辺りに動かす。はちきれんばかりの彼女の黒い唇に自分の口を押し付け、歯の間から舌を滑らせる。ストラップの上から両肩のあたりを咬んで、ほの暗い肩のくぼみに動かしていく。彼女はぼくの気持ちを煽《あお》り立てる。ぼくは彼女を興奮させ、彼女も狂ったようにぼくの両手を彼女の背中に回させる。いつか彼女はぼくのところへやってくるに違いない。ぼくはマットレスの上で狂ったように手を動かす。彼女の寝巻きを脱がそうと格闘し、それから彼女の中に入り、彼女の柔らかい肉体の中で、うっとりとした死のような恍惚感がやってくる。いつか、いつの日か、いつか。波が高くなって砕け、震えるような高みがやって来て、そのあと脈打つように精子がほとばしり、狂ったように枕にキスをする。

「好きだ、好きだ、大好きだ。ずっと大好きだ、ぼくの愛する人」

衝動は収まっていき、最後の静かな震えがきて、ぼくは静かに横になる。普段の部屋の様子が戻ってくる。本と黒い木の十字架像が置かれた赤い棚、枕の上には破れた新聞紙の広告。全てのものがごみのように生気がない。やり直すことだって簡単にできそうだ。でも朝からもう五回の罪を犯してしまった。

一度目は強く押し付けるだけで、靴下をかぶせる間もなく、シーツの中に漏らしてしまった。二度目もすぐだったが、そのあとは想像力が必要だった。ビッグ・パークのケリーの店に、自転車にミルクの缶を乗せてやってくるメアリ・モランのサドルの上で動いている腿。夏の日にキャンバスの靴の上に伸びていたマーフィー夫人の脚の白さと、そこに生えていたうぶ毛。それから絹やあらゆる種類のレース。『インディペンデント』に載っていた丸い腿から伸びているキャシディ社のナイロン靴下。それに**むだ毛処理をしましょう**。集中し、想像力を働かせることが必要になった。

今日だけでもう五回の罪。汚いものが五回もこぼれてしまった。でもそんなことは構わない。一回も数百回も罪は罪。しかし一日に五回の罪は、週にすれば三十五回、告白も楽ではない。

神父さま、わたしは罪を犯しました、わたしを洗い清めてください。この間の告解から一月になります。それから百四十回の不純な行為を自分で犯しました。

神父が言うだろう言葉を想像すると、身震いがする。

「自分で百四十回の不純な行いをしたというのかね、わが子よ」

ぼくがやった証拠は、赤らんだ頰と、あとはあの靴下だけだ。はずさなくては。濡れているけれど、すぐに乾く。靴下を使うことを思いつくまでは、シーツが染みで灰色になり、糊をつけたようにこわばってしまったので、マホニーに気づかれていたかもしれない。

一番下の棚で時計が鳴った。三時二十分過ぎ。窓の外のイチイの木でたくさんの黒い鳥が声をたてこちらを眺めている。起きて支度をし、下に降りる時間だ。

「靴をきちんと手入れしていないんだな。こんなに磨《す》り減ってる。修理するのに一日中坐ってなくちゃいかん。ああなんてこと、なんてことだ」下りていくと、こんな声が聞こえてきた。

彼はジョーンを脇において、古い茶色のエプロンをした膝の上で、靴を修理していた。彼女が立っているそばでぼくも同じだけ長い時間立っていたが、そうしていると、惨めで退屈な気持ちになってきた。

「無頭釘だ、鋲《びょう》じゃない、この間抜けが。全くこの家の奴らときたら馬鹿ばかりなんだから」そこにいて良かったと思えたのは、彼が金槌を指に当ててしまい、ぴょんぴょん飛び跳ねてその指を吸うのを見たときくらいだ。

カーリーの店のセールで買ってきた安もののブーツだ。買う時には、すぐ大きくなるんだからと言っていつも大きめのサイズだった。靴底にあてた自転車のタイヤの切れ端は、それほど長くは持たなかったし、そうなればまた彼の文句を聞かなくてはならなくなるので、底が擦り切れるまで履いているのだった。夜になると靴を見えない場所に隠しておかなければならなかった。だが彼はちょっとでも疑いを持つと、靴を探そうと思い立ち、そうなると、彼が下の部屋で探し回っている音が聞こえてきて、彼らは上のベッドの中で目を覚ますことになる。

「これだけは言っておかんとな。靴が磨り減れば、この哀れな年寄りが金を出さなきゃいかん。金が雨のようにジャラジャラ降ってくるとでも思っているのか」といった調子で、四月の朝に彼らを裸足のまま楽しそうに放り出したことがあった。裸足で草の上を歩き、缶を持ってブルーエンさんの放牧場でマッシュルームを探し歩き、そのように夏中ずっと裸足で過ごし、十月までそれが続いたのだった。

「で、何とか起きられたんだな。また奇跡が起きたというわけか」

「もう大丈夫。月曜には学校に行くよ」

「で、ぶり返して、また医者か」

「もう大丈夫だって」

「みんなが大丈夫で、この哀れな年寄りだけが、靴修理ばかりか」

ぼくは本を持って暖炉の前でそれらに没頭することの他にはほとんど何もできなかった。彼はそれが気に入らなくて憤然としたが、それ以上の行動はおこさなかった。

一冊目の本を開くとページの間から記念のカードが滑り出てきた。真ん中に黒い栞《しおり》が垂れていた。彼女の結婚式の小さい写真が厚紙に糊付けされていた。小ぶりの顔は美しく、髪の毛は栗色でふさふさしていた。白いウエディング・ドレスが喉元から床まで届いていた。彼女は微笑んでいた。

「彼女の魂に」と祈りかけたが、激しい悲しみが襲ってきて、それを抑えるには鉄のような意志が必要だった。

主よ、永遠の安息を彼女に与え、
絶えざる光を彼女の上に照らし給え。
彼女の安らかに憩《いこ》わんことを。アーメン。

彼女と一緒に荷物を持って、暑い中タールの臭いのする道を歩いているときに、ぼくは彼女にいつか彼女のためにミサを唱えると約束をした。しかし今彼女のためにぼくができることといえば、マホニーの小言を聞き、あの性の悪習を一人で続けることだけだった。

ぼくは決して神父にはなれないだろう。それに正直でもないから、どんなものにもなれないだろう。それは確かだ。

暖炉の火のそばに坐って、十六の自分の人生が空っぽだということを見つめることしか、ほとんど何もできなかった。

6

家の中での最悪の部分の多くはだんだん妹たちへと移っていった。長い討論の末にお前は赤い棚のある自分の部屋が貰えたし、学校も本もあったし、いまや大人になりつつあった。

この一年で彼がひどく殴ったのは一度だけ、ジョーンが初めて月のものを見たとき、綿ときついコルセットを持って、理不尽に怒ったときのことだ。彼が他の人間を殴るのを我慢して見ているのは難しかったが、彼に対する恐怖心の多くは消えていった。彼は無視されていた。いつでもトランプのペイシェンスをするしかなかったし、家の中での自分の権力を意識して、時にかっとして荒々しい言葉を投げつけ、怒りと疑いで我を忘れることもあったが、その怒りが収まるのも時間の問題だった。

彼が自分の不注意で置き忘れたバケツに暗闇の中で躓《つまず》いたと言って、誰かに怒りをぶつけようと部屋に入ってきた。ミシンのそばで、彼は彼女たちの会話から「**いつも**」という言葉を耳にした。彼は不満でいらいらしていた。

「お前が**いつも**、と言ったんだな」彼は野蛮な声で攻撃し、娘たちは震え上がった。

「いつもという言葉を使っていいのは、神さまに関する話をするときだけだ。分かってるだろうな。神さまはいつもおられたし、これからもいつもいつもおられるんだ。いつもずっとな。アーメン」彼は大袈裟な言葉を唾を飛ばさんばかりに叫んでいた。「分かってるだろうな」

「そうじゃないんです」

「何の話をしていたんだ」

「いつもこんな具合だわ、と話していただけです」彼女らがとても怖がっているようだったので、かえって彼の疑いは大きくなった。彼女らは彼について話していたのだ。何の変化の兆しも見えない彼女らの絶望的な生活。ぼくもかつてはいつもそんなだった。

「天気の話をしてたんです」ジョーンが言ったが、彼女が嘘をついているのは明らかだった。彼は突然彼女の肩と髪をつかんだ。

「違うだろ。違う。本当のことを言うんだ。遅すぎないうちにな。二度とチャンスはやらんぞ」

「この家ではいつもこんな風なんだ、って話していたの」

「この家」彼は繰り返した。「この家では、だと。いつもこんな風なんだ、ってことは、お前らは満足していないんだな。お前らにはこの家はいいところじゃないというわけだ。だからバケツを投げ散らかして人を殺そうとしたりするんだ」

彼は彼女の髪をつかんで揺すった。彼女の足が床から離れた。彼は彼女の黒い髪を持って振り回し始め、こう口にした。「わしはお前に嘘のつき方を教えてやろう。人の陰口をきくことをな。上手な嘘のつき方を教えてやる」彼女は叫び声を上げていた。

お前は事態がこのようになってくるのを見ると、彼の言葉や動作の一々に激しい怒りを感じるが、そういうのを何度も見ているので、いつもの当たり前のことのように思えてきてしまう。しかし、足が床から離れ、身体が揺れ、恐怖で目が大きく開き、そして叫び声を上げている彼女を見て、お前は今回はもうこれ以上我慢ができなくなる。

「止めて、止めて。ぼくが話す」

マホニーは殴られたかのように動作を止めた。彼女は塊になって床に落ちた。しかし彼は彼女の髪をつかんでいた手は緩めなかった。

「何だって」

「止めて、って言ったんだ。彼女を離して」こう言うが、お前は身体の震えを止めることができない。マホニーが髪を離すと、彼女は床にがたんと落ちた。彼が飛びかかって殴ってくれれば、お前はテーブルの角にぶつかってしまうだろう。わき腹がひどく木のテーブルにぶつかるのを感じるが、痛みはなく、一種の喜びのような気持ちを感じるかもしれない。テーブルから離れて、彼が近づくのを見ながらお前は「殴れよ」と叫ぶことだってできる。

彼は手のひらを開いたまま、力を込めて本当にお前の顔を殴った。そして今回お前は横とびに飛んでタンスに激突した。

お前は白いノブがわき腹に食い込むのさえ感じない。怒りが大きく、そのせいで力が溢れ、反射的にタンスから離れた。

「殴れよ、殺してやる」お前はこう言うと、何も分からなくなる。恐怖心もなくなり、お前はお前を殴ろうとして彼の手が伸びてくるのと、彼の上げられた手と彼の喉のあたりを見ながら、お前の腕がそれに対する準備を始めているのを見ている。彼の上げられた手がちょっとでも動いたら、お前は彼の喉をめがけて撃ちつけるだろうということ以外、何も分からなかったし、何も感じていなかった。自分には力があり、指も準備万端だということだけを感じた。どんな一撃がきても平気だ。今までのたまった怒りが、彼の喉に向けての一撃で全て解放される。

しかしマホニーは殴りかからずに後ろに下がった。恐れと不可解な表情が入り混じったお前の顔つきから何かを感じ取ったようだった。周りの世界が粉々になったようだった。

「わしは父親に手を上げるような息子を育てたのか。父親に手を上げるような息子を」

「あの子の髪の毛がまだ指の間にあるのが見えないの」張り詰めていた気持ちが幾分緩んだ。もう攻撃はしないだろう。しかし暴力をふるっても収まらないような気持ちが残っていた。

彼は手を見た。彼女の黒い髪の毛の房が彼の指に絡まっていた。指を伸ばせば髪は床に落ちると思ったが、そうではなかった。

「わしは父親に手を上げるような息子を育てたのだ」

先ほど襲ってきた狂気のような激しい力が、急速に引いていった。

「起きるんだ、ジョーン」お前はかがんで彼女を立たせて、大きなアームチェアに連れて行く。もう一人の妹は石の様に固まったまま立っている。彼女たちは家の中の雰囲気が今までとは何か違うということを感じていた。

「彼女に水を持ってこい」妹の一人にそう言うと、彼女は、まるでマホニーに言われたように、きびきびと従う。しかしお前はそれに気がつきもしないし、気にしたりもしない。

「お父さんを殴ったの」

「豚だってあんなふうに振り回されやしないよ」

「わしは誰のことだってああいう風に振り回してやる。この豚たちめ。お前らはみんな豚だ。豚から生まれた癖の悪い奴らめ。お前ら全部に鞭をくれてやるべきだった」

「誰にも鞭をあてさせたりはしないよ」お前は疲れきって、全てに嫌気がさしてくる。

「じゃお前が止めるんだな。お前が今やこの家の英雄ってわけか。ほら、来てみろ、親父を殴ってみろ。子犬が親犬より強くなったか。ほら、ワンワン、やってみろ」

そうしたくても、お前にはもう力が残っていなかった。この台所も、この世の中も、みんなくそで、望みもない。憎しみの気持ちで一杯になり全てのものが虚しかった。

「いや。ぼくは殴らない」

「でもお前は殴るだろうよ。臆病だから、父親に手を上げるんだ。そうやって自分を守るんだ。そうしてお前だけが学校へ行くんだよな、神父になるためにさ。そうしてまた一人若い間抜けができるというわけさ。神父か。せいぜいミサをあげたりするくらいしかできないくせに」彼は笑った。

あざけられたりからかわれたりするのなら、暴力を受けた方がはるかに気楽だった。

「わき腹を打たなかったから、寿命が延びたな」マホニーはなおも大声で言い続けた。「わしはお前を粉々に潰しておくべきだった。聞いているか、粉々にな。な、ワンワン、やってやればよかったんだ、ワンワン」

「やったって良かったのに。いつもみたいに、ぶん殴ればよかったじゃない。そうしたって誰も気にしないよ」

マホニーは暖炉の方に進みながら、ぶつぶつあざけり続けた。彼が指に絡まる髪の毛を落とすと、それは火の中に落ちていった。肉が焼かれるようにジュウジュウと音を立てて髪の毛が燃えると、みんな急に静まり返り、あたりには恐怖感が漂ってきた。

お前は夜の外へ出て行く。星が出て清らかだったが、あてもなく歩き回りはしなかった。お前は大きなルバーブの茎が生えている所を抜けて、今までも夜に何度も避難場所にしてきた、例の暗い外便所に向かった。

7

告解室のまわりには順番を待つ列ができていた。教会の四隅は暗く、中央にある聖櫃の上に高く掲げられた明かりが、赤く光っていた。聖堂の真鍮の飾り物が蠟燭の明かりで輝いていた。ロザリオがカタカタ音をたて、人々の身体はゆったりとした姿勢を保っていた。みんな扉から中に入って来て、敷石の上を一歩一歩鐘の音に合わせて手摺に近づき、聖櫃の前で跪《ひざまず》き、暗い隅にある告解室の方に向かうのだ。聖櫃の明かりに照らされた告解室の場所が分かるまで、目を慣らしている。皆が許しを得ようとして待っている。習慣なのか、義務感からか、あるいは苦しみたいのか、皆ものうげな様子だ。自分たちの行いと犯した罪をゆっくりと述べ、裁かれたり、許しを乞うたりするのだ。今やっておかないと、最後の審判の日にはおそらくそんな時間もないだろうから。

聖具室の扉から神父がやって来て祭壇の前で跪き、キスをし、紫色の法衣をかぶり、それから木の手摺が付いた入り口を通って、それぞれの告解室に入って行く。最初の悔悛者のために中の鎧戸が開く音を聞くと、緊張のあまり自分の心臓の鼓動さえ聞こえてくる。神父の姿をした神に、自分の本当の顔を描写して伝えなければいけないという、死ぬほどの恐れと恥ずかしさに向かって進んでいく。そして、許しを乞い、この先、これから残された時間、もう悪いことはしないと約束をするのだ。

列が動いて自分の順番がだんだん近づいてくる。お前は気分が悪くなって、列を離れたくなるが、できない。もう一度自分の罪を良く思い出してみる。四回の嘘、三回の怒り、五か六、いや八回ほどお祈りを忘れたが、こんなのはほとんど問題ではない。ここ三月ほど毎日女性に欲情し、自分で身体を汚し、それも二百回以上という正確な回数を認めようとすると、気持ちが怯《ひる》んでくる。お前は列の流れに乗って罪の告白の場所に、確実に近づいていく。告解の瞬間は、一種の死なのだろう。

マウントジョイ監獄の独房に入れられ、自分が処刑される時間が近づいてくるのを待っている気持ちは、こんなものなのだろうか。許してもらおうと、何とか取り入ろうとしたが、そんなことをしても無駄。監守は夜通し彼を悩ませ、一時間ごとにピアポイント[1]と二人の助手がやって来て、まだ処刑の時間ではないと言い、歩み去って行く。実に厳格な形式と、順序があるのだ。

「左、右。左、右。左向け左。足踏み。

準備はいいかね」ピアポイントが尋ねると、すぐに助手が有罪者の後ろ手に手錠をかける。

「後について」彼の生涯の最後に、ピアポイントの声が独房の中に響き、彼らは処刑台まで行進していく。「左、右。左、右、左、右」神父が彼のそばに歩いてきて調子を合わせて祈りはじめる。


「救い主イエズスよ、あなたはわたくしに対する愛のために、カルヴァリの地[2]で礫にされました。あなたのいつくしみによってわたくしもあなたと共に苦しみ、死なせてください。救い主イエズスよ、あなたはわたくしに対する愛のために、カルヴァリの地で礫にされました。あなたのいつくしみによってわたくしもあなたと共に苦しみ、死なせてください」

　ほら、また列が少し動いて近づいてきた。順番が来たらカーテンを引き、処刑台を見ても叫び声を上げずに、暗闇の中で跪いて待つのだ。順番を待っている人間はみな同じではない。しかし、その違いは、物を感じる力の差だけだろう。

　鎧戸が音を立てて開いた。鉄の格子を通して神父の横顔がお前の方に傾いているのが見える。

「わたしを洗い清めてください、神父さま、わたしは罪を犯しました」ついにその時がきた。どうにか言葉を出そうとするのだが、ほとんどできないまま、恐ろしい時間が過ぎていく。

「前の告解からどれくらい経っているのかね」

「三ヶ月です、神父さま」

「では、あなたの罪を話しなさい、わが子よ」

「わたしは四回嘘をつきました。三回腹を立てました。八回か九回、お祈りをするのを忘れ……」

「他には何か」

「いいえ、神父さま、他には何も」と答えるのは簡単なことだろう。しかしそんなことを言うのは、なによりもいけない。

「はい、神父さま」お前はなぜそんな風に認めてしまえるのか分からない。


1──一八七四──一九二二。イギリスの有名な処刑人。九年間の在職中に百七回処刑を行った。

2──キリストが磔にされた地。

「それでは告白しなさい。怖がることはない」

「わたしは不純な考えを持ち、不純な行いをしました」

「不純な行いは一人でしたのかね、それとも相手があったのかね」

「自分で、です。神父さま」

「わざと自分を興奮させたのかね」

「はい、神父さま」

「種を外に出そうとしたのかね」

「はい、神父さま」

「何回くらい」

「一日に七八回のときもあれば、全くしない日もありました」

「回数を言えるかね」

「二百回以上です」

「悪い考えの方は」

「やったよりも多い回数です、神父さま」全部出してしまった。安らぎの川に流してしまった。

「言うことはそれだけかな、わが子よ」

「はい、これで全部です、神父さま」

「あなたはその罪と戦わなくてはいけないな。そうしないとその癖が抜けなくなる。今止めないと、いつまでも止めることができなくなるぞ。告解にはもっと頻繁に来なくてはいけないよ。一ヶ月以上も間をあけてはいけない。できれば毎週。恵みを得るために祈りなさい。永久にその罪を絶つと今決めなさい。今晩から。そう決めないことには告解をしても何もならないからね」

「約束します。神父さま」

大きな安らぎがやって来る。二度とあの罪を犯さなければ、あの暗い不安はなくなるのだ。雪のように白くて純潔な、この完全に平和な喜びに比べれば、あの快楽なんてちっぽけで汚らしいものに過ぎない。

「聖餐を受ける前に、償いのためのロザリオを唱えなさい」

許しの手が上げられた。ほとんど恍惚となって、お前は不十分な懺悔の言葉を口にする。

「主よ、わたくしはあなたに背き、どんな罪よりも悪い罪を犯してしまったことを深く悔やんでいます……」

「神の祝福があらんことを。わたしに祈りを捧げなさい、わが子よ」そして木の扉が閉められて、現実の世界に戻される。そこにはただの鉄の格子と、木の箱があり、丁子の匂いが漂っているだけだ。

ぼうっとなって、お前は立ち上がり、カーテンを引く。現実の世界でないようだった。先ほどの告解でお前の生活の全てが語られた。今まで見失っていた自分の生活がまた戻ってきた。ああ主よ、この世は何と美しいのでしょう。教会の長椅子、明かり、跪いている人たち、その全てが奇跡に洗われて、全く静かで神秘的な顔つきをしている。なんとこの世は美しいのだろうと、お前はみんなに言ってやりたいと思う。なぜ人々は彼を祝福するために踊りだして微笑んだり、歌ったりしてこないのだろう。燭台の蠟燭もなぜ炎を上げて踊らないのだろう。長椅子だって跳び上がってぎこちない木の踊りをしてもいいのに。なぜ人々も調子を合わせて手を叩いたりしないのだろう。

恐らく、人気のない長椅子の列を静かに進んで行って跪き、震える手で顔を隠しながら礼拝するだけで十分なのだろう。素晴らしい喜びだ。お前は赦《ゆる》され、世界はお前の手の中に戻って来た。お前は雪のようにきれいに洗われたのだ。二度と罪を犯してはならない。この世界は失うにはあまりにも美しい。お前は今まで言わなかった新しい言葉で、ロザリオの祈りを唱えるつもりだ。これからは、大きな咳をしたり、がさがさ音をたてている時でさえ、どこか遠くに、祈りを唱えいつまでもそこにいられる完全な沈黙を保つ場所があるのだ。

不意に誰かに腕を触られてお前はびっくりする。父親だった。静かに祈りをしているときに、突如として激しい嫌悪感が襲ってきて、その静かな祈りが邪魔されてしまう。

「もうそんなに長くはかからないだろう。門のところでお前を待ってるからな」彼は身体を近づけて、囁いた。

お前は彼が出て行くのを眺める。彼は神聖な灯りの、血のような輝きの中で膝を折り、頭を下げる。長い時も短い時もあったが、とにかくお前が一晩中祈りをしていることを彼は知っているのだろうか。彼は何を知っているのか。今彼は寒い門の外でお前を待っている。そしてこれからは死がお前を支配することも、理由もなくお前の心の中でその存在を響かせることもないだろう。

お前は優しく、誰のことも愛せる気持ちであることを思い出した。父親が門の外でお前を待っている。お前には彼を嫌う権利なんかない。彼も愛されたいと思ってそこにいるのだ。お前は機械的に起き上がり、彼がさっき跪いていたところ、ずっと以前から二人でいつも跪いていたところで跪き、外に歩いて行った。

8

彼は寒さの中、靴底にくっついてきたものを調べながら、門のところを行ったり来たりして待っていた。

「この国の人間のけつがちゃんと身体にくっついてるってのはいいことだ。もしそうでなきゃ坐るたんびに、置き忘れるところだ」彼は挨拶代わりにそう言って笑った。

彼らは地面の水溜りを避けながら、一緒に歩いた。水溜りは何度も震えるように光った。

「告解をした後は気持ちのいいもんだ。全てがきちんと正しいところに置かれたような気がするもんだ。もう心配することもないし」マホニーは言った。

「そうだね。気にすることは何もない」彼はその言葉の持つ意味に嫌悪感を抱きながらも、そう言って同意した。彼には自分だけの喜びがあった。それを他の人間の一般的な告解と一緒にして欲しくなかった。お互いに理解しあったことなど今まで決してなかった。しかし彼は自分の嫌悪感の強さに悩んでもいた。愛情を持つようにしなければ、と思っているのに、近づかれたり、触られたりするたびに、嫌悪感で神経が逆なでされるのだった。

「大人になったら、何になるか決めているのか」

「それはほとんど試験の結果によるよ。受け取る結果次第だよ。考えても仕方がない」

しかしながら、その晩の彼はもしかしたら聖職者、価値のある唯一のもの、本当の聖職者になれるかもしれないと思っていた。彼は十分なれるのではという感じがしていた。

「試験か」マホニーが言うのが聞こえた。「最近の『インディペンデント』のコラムに、これから国民の半分くらいが何らかの試験を受けるようになるだろう、と書いてあったが、お互いに食い合うために試験を受けて、どうするんだ。どこから仕事が来るというんだ。コネのある奴だけが仕事を手に入れられるんだろう。そうなんだよ、わしには良く分かっている」

「コネなんてきかないところだってあるさ。大学の奨学金や、教員養成の依頼や、ＥＳＢ[1]なんかは。それから、いざとなればイギリスに行くという手もあるし」とぴしゃりと言い返した。

「いや、そういう意味じゃない。どんな馬鹿だってイギリスに行って、五ポンド札を稼ぐことは一度はできるってことは分かりきった話だ。そういうことを言ったんじゃない。お前が頭の中で坊さんになりたいと思ってることは分かっておる。だからお前がそのためにどうするつもりなのかを知りたいんだ」声の調子はとても優しかったが、彼が、いざとなればイギリスが、と乱暴に言ったときには、少し狼狽したようだった。それを聞くと、彼をいつも蚊帳の外に置くのではなく、もっと気楽に、自分のきびしい状態を打ち明けたほうがいいのではという誘惑にかられた。

「もしちゃんとやれば、なれるかもしれないって、よく思うんだ」

「わしもそう思っていた。あれは清潔な良い仕事だし、他の仕事のように、お前の席に坐ろうと狙っている奴もいないしな。上司は神様なんだからな」

「そうすれば食べる心配もなくなるし。ぼくは古い土地を売って、みんなと一緒に暮らすこともできる。人々のためにいつも扉を開けておいて、悩みを聞いてやり、父さんの邪魔などさせないようにする。庭や裏の果樹園を歩き回ったり、夏になればタールを塗った古い舟で釣りにも行けるしね」

それが彼の夢だった。しかし返事はなかった。彼は自分の話し声を意識して、話し止めた。彼には何も与えられないだろう。自分の夢は父の夢ではない。多分今までにあまりにもたくさんのことがあったので、二人の生活がうまく嚙みあうことはないのだろう。歩いているうちに熱い気持ちが失せて行き、自分を愚かに思い、打ちのめされた気分になった。返事は返ってこなかった。今や自分と同じくらいの高さになっている彼の背中へ手を置いたときにさえ、何も。

「もしお前の言うようになったら、楽しい時が過ごせるじゃないか」

「そうだね。楽しい時を過ごせるだろうね」

「どうすればお前の思っているような方向へ進めるんだ」

「分からない。難しすぎて考えられないよ。とてもたくさんのことにかかってると思うな」

1―アイルランド国営の電力会社。Electricity Supply Board の略。

9

黒い牛たちが囲いの中にほんの少しだけ残っていた草を求めて冬中ぞろぞろ歩いた道ができていた。冬の間死んだようになっていた小鳥たちが目を覚まし、もしかして牛の蹄《ひづめ》で地面の霜が緩んで、虫たちが出てくるのではないかと、思っていた。夕方になると牛たちは門のところに集まって、息を蒸気のように吐きながら、餌を求めてモーと鳴くのだった。

雨が降らず、雲のないイースターが過ぎ、雲のない五月になり、牧草地の草が、囲いのない草地の草ほどの高さにもならず、若いオート麦もげんなりとなり、リンゴの花は夜の白い霜にあたって枯れていった。

そういった天気が回復したのは六月になってからだったが、遅すぎた。突然の雨のせいで、不十分な成長しかできなかった牛は、寄生虫にやられ、それらの牛を生き延びさせるには大変な労力が必要になり、そのせいで心配したり、ばかげた罵声を繰り返したりがずっと続いた。

「救貧院行きになっちまう。不幸をもたらす怠け者のあいつらのせいでな。どっちみち救貧院行きになっちまうようなもんだが。本当なら気持ちよく、尊敬されてこの世を終わろうというときに、わしらの前にあるのが、救貧院とは。ああ、なんてこと、なんてこと」

ジョーンとモナは国民学校を終えて、家事をしていたが、マホニーはジョーンを外に働きに出そうということを、あの苦しい秋の間に決めていた。

彼女は学校を出れば何か仕事に就かねばならなくなるのだろうが、そんな仕事をしても一向に楽しいことなどないだろうと思っていた。外に働きに出されるという話をはじめて聞いた晩、彼女は窓辺で泣いた。彼女はあちこちで同じような仕事をする人たちを見ていたが、彼らのことを知らないほうが良かったと思った。

マホニーはまず新聞を調べた。しかしそこには何もなく、結局彼はジェラルド神父に手紙を出して頼んだ。彼は自分の教区の近くにある衣料雑貨店の仕事を紹介してくれた。

彼は彼女を連れにやってきた。夕方、いつものように彼を迎える準備がされたが、いつもと同じ生気のない、糊のように固い雰囲気だった。お互いのことには触れようとしない、ぎこちない会話が、二時間もの間バドミントンのシャトルのように行き交うばかりで、マホニーはいたたまれなくなり、とうとう外へ出て行きたいのだがと丁寧にことわらねばならなかった。

「神父さん、あなたとこの若者だけにしてさしあげましょう。学校のことや、他にもいろいろ話すこともあるだろうし。ジョーンのことはわしたちでするんでね。どうぞ二人だけで」

弁解がましい言葉が終わり、部屋には二人が残った。

「やれやれ。最初の雛の巣立ち、というわけだね」神父が言った。

あいまいにうなずく以外、できることがあっただろうか。彼女は出ていくのだ。どんな別れであっても、心に触れるところがある。そう思うと心がかき乱された。

「自分の番になるまでは実感がないだろうね」

「ええ、神父さま」

「君の将来についてはまだ最終的なことが分からないのだね」

「ええ。試験の結果次第で」

「まだ聖職者になることを考えているのかね」

「ええ、神父さま、十分な点が取れれば」

「教区の神学校に行けなかったのは本当に残念だったね。あの時はお父さんがまるっきり君を家から出したくなかったんだものね」

「でも伝道学校がありますよね」

「ああ。でもそれは最後の頼みだな。もちろんいいところだよ。いい成績で卒業できればメイヌース[1]にでも行けるが、二級ということになれば、実際にはアフリカあたりに行かされるなんてことになるかもしれないしね」

彼は考えて微笑んだ。「まともに苦労する者には扉が開かれている。われわれはいとこ同士だ。自分たちのことを救えないで、一体誰を救えるというんだ。心配しなくてもいい。今自分のためにできることは一生懸命勉強することだよ。来年の夏、わたしのところに来て、十分話し合えるじゃないか」

「ありがとうございます、神父さま」

「よし決まったな。もう遅いから、みんなを呼んでから、帰ることにするよ。夜遅く車を運転するのは嫌いでね。ずっと道に目を凝《こ》らしてなくてはいけないからね」

二人はマホニーが台所で他の連中と所在無げにしているのを見つけた。ジョーンは出発の準備ができていたので、彼らはすぐに出て行った。彼女が神父の車のところで皆にさよならのキスをしているとき、気持ちが少し動揺した。マホニーはかがんで彼女の髪の毛を湿らせていた髪油の匂いを嗅いだとき、明らかに動揺していたようだった。

「手紙を書くからな、手紙を書くからな。身体に気をつけるんだぞ」彼は言った。

彼らは車が出られるように緑色の門を開けて、丘を照らしていた車のヘッドライトが見えなくなるまで眺めていた。

彼は部屋に戻ると落ち着かなく歩き回った。部屋に散らばっていた糸くずを紅茶の空き缶に詰め込み始めた。

「あちこちに散らばってる。誰も気がつかない。全くこの家の中は何一つきちんとしておらんのだ」

彼は一枚の板を持ってきて、台所の壁にその端を立てかけてから、二つの椅子の上に水平に置いた。板の表面は滑らかでなかった。そこで彼は自転車油を黒く染み込ませた骨の鉋《かんな》でぶつぶつ言いながら削り始めた。

台所が暑くなってきたので、彼はシャツ姿になった。滑らかになるように鉋を行ったりきたりさせながら作った削りくずが床の上に溜まっていき、汗が玉になって出てきた。彼はその仕事を最後まで

1――アイルランドのキルデア州の市。カトリック僧侶養成のためのセント・パトリックス・カレッジがあるので有名。

やり遂げなかった。何かをやらなくては収まらなかった荒々しい気持ちが消えていくと、興味がなくなったのだ。

「削りくずを掃除しておけ。炊きつけにするから」彼はそう言うと、古いモーリス[1]からはずしてきた椅子を暖炉の方に引き寄せた。赤い革は色が褪せていたが、それに合う木の枠を彼は自分で作っていた。彼はコートを着てトランプとトランプ台を取った。座ってから椅子のまだ色を塗っていない枠の上に台を乗せた。トランプを始めると、彼は椅子を囲んで立っていた子供たちを突然見た。

そのまま番人のように立っているのもいたし、外に出て行くものもあった。ジョーンは家から出ていってしまい、家の中には死のような沈黙しかなかった。マホニーはペイシェンスを始め、時々カードをかき混ぜる音と、カードがぶつかって立てる鋭い音、それに彼が台の上に使い古したカードを配るときの、はたくような音がするだけで、あとはまるで死んだような静けさがあるばかりだった。トネリコの木の間で黄色い猫が身体を伸ばしていた。考えて一番いいカードを置くことができたときには、彼は唇をすぼめて低い声を出した。エースにはダイヤのキング、クラブの九には八のカード、八のカードには幸運の七。そうして残りをまた手元に集める。三枚ずつ数えては、赤黒と数えながら、無くなるまでペンキの塗っていない台の上に載せて行く。彼はまた荒々しく全部のカードを集めて山を作り、また同じことを始め、同じように行き詰ったり、あるいは今までと同じところに戻ったりした。百回に四五回の割で全てのカードが魔法のようにきちんとした場所に集まって、積み重ねられるのだった。長い長いペイシェンス。

「ほら、できたぞ」と叫ぶこともあったし、一人悦に入っていることもあった。

外から何かが近づいてくるというわけでもないのに、彼は落ち着いていなかった。

「お前の大好きないとこと、何の話をしていたんだ」彼は尋ねた。

「特になにも」

「特になにもだと、ひどい答えだな。お前ら二人は互いに大口開けて立っていただけなのか」

「いいえ」

「それじゃ奴は何を言ったんだ」

「聖職者になることを」

「どう言ってたんだ」

「彼が援助してくれるって、だから心配するなって。それに試験が終わるまでは何もしてやれないって」

「子牛が産まれたら買ってくれるっていうことか」

「いや。そういう意味じゃないよ。彼はぼくの助けになってくれると言ったんだ。メイヌースにぼくを行かせてくれることができるかもしれないって」

「メイヌース、それしきのことか。メイヌースに行くのに金はかからんのだろうな」

「かかるよ」

「奴は誰がその金を払うのかは言わなかったろう」

「うん、言ってなかった」

「絶対に奴は払わないぞ。奴は自分の金など、絶対に気前よく使ったりはせんぞ」

1――車の名前。

「彼は助けになってくれると言っただけで、ぼくが神父になるなんて、まだ誰も言ってるわけじゃないし、誰にも分からないことだから」

「ジョーンのことは何か言ってたか」マホニーは話題を変えた。

「何も言ってなかった」

「奴はわしがあれをただの売り子なんかじゃなくて、もっとちゃんとした人間に育てるべきだったと思ってるんだろうな」

「どう思ってるかなんて言わなかったよ」

「そうだろうともさ、自分の考えなんか言わなかっただろうさ。そんな馬鹿じゃないからな奴は」

彼の顔は熱で暑くなり、唇の線が震えてきた。目は疲れて不規則に動いていた。彼はイグサの繁みで牛を追い掛け回して濡れてしまった古いブーツを持ってくると、火のそばに置いて乾かした。それから神父を迎えるために履いていた新しいブーツの紐を解き始めた。

「大事なのは人の言うことじゃない。考えていることだ。もしお前が世の中に出て行きたければ、人が言うことなんかに気をまわさずに、そのお前の馬鹿な頭で、他人が何を考えているかを見きわめなきゃいかん。そうしなきゃ駄目だ。

自分が言うべきことをよく考えるんだ。でも考えたことは口にするなよ。そうすればチャンスがある。スライゴーのキチガイ病院でだったら、どんな独り言を言ったってかまわないがな」

扉に向かうとき彼のウールの靴下が床のセメントの上で小さな音を立てた。

「もう寝ろ。わしはくたくただ。ランプの火を消すのを忘れるな」

10

ジョーンからは毎週手紙が来た。いろいろな期待が書かれたあとには、国民学校で敬虔に教えられてきたようにDV[1]とあり、青い封筒の裏にはSAG[2]と記されていた。どの手紙も同じ味気のない決まり文句で書かれていて、彼女の生活や彼女自身のことがうかがえるようなことは何も書かれていなかった。彼女はこの手紙が自分の元からみんなのところへ届くだけでいいと思っていた。だから家のものは、少なくとも彼女はそこそこ幸せなのだろうと思うだけだった。

彼の暴力が爆発することは、もうほとんどなかった。マホニーはあまりいろいろなことを気にしていないように見えた。ただ不平を言ったり、物憂げに一人で考えにふけっていることが多くなった。

外での争いが静まるにつれて、頭の中でさまざまな考えが起こってきて、それがひどくなってきた。

1―神意にかなえば。

2―Saint Anthony's Guide 無事にこの手紙が届きますように。

抑制がきかなくなることもある。しばしば熱心に神に祈り、全く罪を犯さずに数週間が過ぎることもあれば、退屈で満たされない気持ちが爆発して、再びあの過度の熱中の数週間が始まったりもした。お前は絶えず告解に行かなければと思い、そうして偽善的行為を繰り返し、それでもまたやってしまうのではないかと恐れて悶々とする。時間も迫ってくる。今度の夏、お前はジェラルド神父と一緒に過ごさなくてはならない。神父はお前がある結論に達していると期待しているだろう。この冬はお前の人生で最後の学校生活になるかもしれないのだ。

告解のあとの恍惚感はもうやってこなかった。全てを守っている闇を通して、祭壇の前の血のように赤く燃える光を見つめながら跪くことはできる。いつもと同じ懺悔の言葉。そして同じ改心の約束。それはどれくらいもつのだろう。一週間かそれとも数日か。お前は自分の欲望を抑えることができない。そしてそれができないのなら、聖職者になんかなれないのではないか。

神父は懺悔室の中で自分自身の匂いにまみれながら、土曜日の夜に、人が自分たちの罪や快楽を語るのを聞くのだ。窓の外の常緑樹の上には月がかかっているような晩、一人の女の子がやってきて祭壇にあるバラの花と同じような、汗と香水の混ざった甘い匂いをさせながら、衣擦《きぬず》れの音を立てて、六月の夜の出来事を語るときに、お前は冷静でいられるだろうか。

「わたしを洗い清めてください、神父さま、わたしは罪を犯しました」

「どんな罪か話してごらんなさい、わが子よ」

「わたしは不純な行いをするという罪を犯しました、神父さま」

「男と、かね、わが子よ」

「はい、神父さま」

「それは結婚している男かね、それとも独り者かね」

「独身です、神父さま」

「あなたは彼と婚約してはいないのかね」

「はい、神父さま」

「何が起こったのか話してごらんなさい、わが子よ」

「抱き合って激しいキスをしました」

「触られたのかね、わが子よ」

「はい、神父さま」

「胸を」

「はい、神父さま」

「もう一つの神聖な場所もかね」

「はい、神父さま」

「どこで、どのように」

「川のほとりの草地で、ゴルフクラブのダンスのあとで」

「その男と本当に交わったのかね、わが子よ」

悲しんですすり泣く声、彼女の服がたてるがさがさいう音、そして彼女の若い肉体と顔が、夜、お前の顔のすぐ近くにあるのだ。夏の夜、川のほとりで男が上に乗ると素直に開いた彼女の若い足、その同じ足がお前のために大きく開かれるかもしれないのだ。彼女はお前が切望していることを叶えてくれるかもしれない。お前も死ぬまでに快楽を知っておくべきだ。それを知るのは大事なことに思える。飢えているときのパンは素晴らしいもの。飢えているときに貪り食うことの本当の意味が分かるのだ。しかしお前の飢えは女性に対するものだ。彼女の肉体の驚異全てに対する妄想がわく。

さてお前はどうするか。じっと黙ったあと、こう始めるのか。「わが子よ、そういう行いは神聖な結婚においてのみ許されているのだ、ということを知っているだろうね。そういう場所に行って誘惑にかられたりすることはやめなければいけない。わたしにそれを約束しなければいけないよ」

あるいはお前は箱の中にじっと黙って坐って、あのオナン[1]と同じように自分の手で自分自身を興奮させ、木に押し付けて暗闇の中に漏らしてしまうのだろうか。彼女の衣擦れの音、彼女の声や匂いが格子を通して流れてくる。格子の向こうの彼女の肉体だって、自分の身体を突き上げてくる男の身体を求めて欲望に飢えているのだ。

それともお前は告解室から飛び出して、狂ったように彼女に摑みかかるのか。彼女はそれまで処女だったと言っていた。川のほとりの草地で痛くて叫んだのだ。しかし男は止めなかった。彼は彼女が嫌がったのにやったのだ。彼女はお前、聖職者であるお前が彼女の服を無理矢理脱がせ、教会の石の床に横にしても、やはり叫び声を上げるだろうか。

そういうのがお前の聖職者としての生活になるのかもしれない。抑制がきかないと、まともな生活を送れるチャンスもなくなるかもしれない。少なくともお前は今、女を知るために世間に出て行くかどうかの選択を迫られているといって良い。一度聖職者になったらずっと聖職者であり、そうしたらそんな選択もできなくなる。そして自分の選択の罠にかかってしまったら、一体平静でいられるのだろうか、それとも狂ってしまうのだろうか。一生聖職者でいること。白髪頭がだんだん後退して行き、禿頭になって死んでしまう。その一生の間、一度も興奮に熱くなった女性の身体に触れることも、その中に入っていくこともないし、お前の裸の身体を女性の裸の身体に隠すこともないし、女性の柔らかい身体に抱かれることもないし、女性の肉体の赤い暗闇の中に身体を埋めることもないし、女性の手で撫でまわされて恍惚状態になることも決してないのだ。

永遠の退屈さの中で、焼かれたり、凍りついた身体に湯気を立てている石や鉄を当てられる苦しい拷問を受けて泣き叫ぶというあの地獄に対する恐怖はどこに消えてしまったのだろう。全ての生は死に至るのだ。そしてその最後の味は決して甘いものではない。しかしたとえそれが夢のようなものであったとしても、女性に対しては最後まで絶望感は持たないだろう。ただ情熱が失われるだけ。熱狂のあと、また力が回復するまで待つのだ。そしてまた同じような肉体のサーカスが別の夜の欲望のために新しいテントを張っていくのだ。そうして穴から穴へと漂って死んでいく。

お前は聖職者になったら欲望を抑えなくてはいけない。お前の人生を神に与え、神に奉仕し、自分の名でなく、神の名のもとに死ぬのだ。お前は自分の死を選び、欲望を捨てて神に仕えるのだ。聖職者に任命されたときから、お前は神と共に死ぬことになるのだ。お前の全人生はお前が肉体と分かれる最後の時、すなわち死の準備をすることになるのだ。お前は安全な生活ができるだろう。たとえ神も、地獄も、天国もないとしても、大した違いはないのかもしれない。だって誰でも死ぬときには貧しく平等であるのだろうから。何のためでないとしても、修養すればやはりそれだけのことがあり、死ぬときお前は楽しいことを思い出すこともなく、あまり悲しみもしないのだろう。

そんなことを考えれば考えるほどどうしようもなくなり、目の前にはどんな道も開けてこなかった。

1―『創世記』38：9。

一番良いのは頭を空っぽにすることだった。悔い改めよ。落ちるまでやり、そうしたらまた告解という避難所へ行けばいい。永久に続くわけではないが、とにかく恩寵で救われるのだから。

　学校が終わったあと毎日夕方になると、メアリ・モランが修道会[1]から帰ってくるのを、店の中で時間を潰しながら待った。彼女の自転車を少し先にやっておいてから、クラークの店の辺りで彼女に追いつくために一生懸命ペダルを漕いだ。

「やあ、メアリ」

「やだ、脅かさないでよ」

「君がいるなんて思ってもいなかったよ。だからさっき振り返ったら君が見えてびっくりしたくらいさ」本当は彼女が通り過ぎるのを見落とさないように、道路の方をずっと目を凝らして見ながら、槌《つち》の音がやかましいギルの自転車屋で二十分も待っていたのに、お前はそう言いつくろう。

「そう。今日は修道会を出てまっすぐ来たの。あなたは少し遅いんじゃないの」

「みんなで路地をぶらついてたんだ。まだみんなそこらにいると思うよ。何か今日は変わったことでもあるのかい」

　彼女の声は完璧な音楽のようで、それを聴くと喜びで身体が震えてきた。彼女のような微笑ができるものは他にはいない。彼女の周りには何か秘密の世界があるようだ。彼女の腿がサドルの上で動く。お前は自分の腿がサドルに摩擦しているのを意識し、興奮してきたが、彼女に悟られたら大変だ。ペダルの一こぎ、一こぎが貴重だ。速く進みながら話すことはたくさんあるし、聞くこともたくさんある。そして生まれて初めてこの世が素晴らしいものに感じられる。二十マイル走っても足りないだろうが、四マイルがあっという間に過ぎてしまい、その間彼女を抱いたり味わったりはできなかった。

彼は仕方なくさよならを言った。

彼女の姿は消え、メアリと結婚をするという夢も彼女と共に行ってしまった。お前は彼女と二人で木陰を歩き、いつまでも続く野生の夏の生活ができたかもしれないのに。

しかしお前は彼女を汚れなく抱く事さえできない。雨が降る土曜日、お前は頭の中に彼女の姿を浮かべ、彼女を興奮させ、彼女の口に汚いものを入れるのだ。そのあとお前の撒いた精液で濡れた靴下を脱ぎ、光にかざすのだ。

「くそ」という言葉が静かに漏れ、汚れた行為の後で目が潤み、口は疲労と惨めな絶望で乾いていた。お前はもし聖職者の道を進めばメアリ・モランを手にする事はできないし、今のままでは聖職者になる事もできない。想像の中で娼婦のように彼女を扱うときにしか彼女を手に入れることができないのだし、そうなれば全てがどんどん汚らしくなっていくだけだ。

夏がやってきた。ジェラルド神父の所へ行く日が近づいてきた。その前に最後の祝日である聖体祝日[2]があった。

その日の行列の道筋を飾るためのシャクナゲの枝がいつもと同じように、オークポートから刈り取られてきていた。「聖なるキリストの心[3]」と書かれた幕が電信柱から頭の上に垂れていた。通り道にある家々の玄関の前には祭壇が作られ、花の間には蠟燭が点され、白い布に、聖心の絵が描かれてい

1―女子修道会がやっている学校。
2―パンとワインを、それぞれキリストの肉、血として食すことで、キリストとつながる儀式、「聖体」を重要視するために制定された。
3―キリストの愛とつぐないの犠牲を象徴する、槍で貫かれたキリストの心臓。

た。それは赤い血を流していた。

金色をした天蓋の下に、坊さん達が聖餐を持って集まり、聖餐式の服を着た少女達がバラの花びらを撒き散らしながら道を歩き、聖歌隊の後ろには兄弟会の旗が讃美歌の通った後に、これ見よがしにはためいていた。橋や交差点では警官達が敬礼をするために並んでいた。

郵便局の前の渇いた埃っぽい道に人々が祝福を受けるために跪いていた。坊さん達は肩に肩衣を着け、外で小さな鐘の音が鳴ってミサの聖餅を持ち上げると、並んでいた頭が全部お辞儀をし、鐘の音と、どこか遠くでロバが啼いている声の他には全くの静寂が訪れる。群がって跪いているので、涙を拭うのも難しい。これがお前の人生なんだ。お前はこういう人間の仲間なんだ。彼らがお前と結びついているように、お前は彼らと結びついているのだ。いつの日か、鐘が鳴る間あの聖餅を彼らの頭の上に捧げ持つことがお前の仕事になるだろう。しかし行進が再び始まってから聖歌隊の列に加わろうとしても無理なことだ。埃の中で彼らの立てる靴の音を聞くだけ。**主より流れ出るあなたの水でわたくしを洗い清めてください**。全く奇妙な話だ。本当に奇妙だ。昼間なのにイチイの木に立てかけられた蠟燭の火が燃えている。

酒を飲みに行くのか、あるいは家路についているのか、そういう人々で一杯の道路の真ん中で赤い花びらを撒き散らすといったようなことは、耐え難い儀式を包み隠すための単なる虚飾であり、形式でしかないのだろうか。どうしても分からない。こういう不確かさの中でお前は告解に行き、神父の顔の前で地獄の辺土と向かい合わなければならないのだ。しかしお前はいま、これから先の人生に対してどんな決断や、確信からも遠く離れたところにいるのだ。

11

Cur non sub alta vel platano vel hac
pinu iacentes sic temere et rosa
canos odorati capillos
dum licet, Assyriaque nardo
potamus uncti? dissipat Euius
curas edaces.

バスが跳ねて小さな青い表紙の教科書が、それを読んでいる彼の手の中で揺れた。後ろに出ている語彙集を見て、余白に単語の意味を書きこんでいた。完全に訳すことができ、意味が分かったと思った。

わたしたちはなぜあの松の木や、背の高い木の下でのびのびと身体を伸ばして横になり、自分たち

の白髪にバラの花で香りをつけて、シリアの甘松香の油を塗り、酒を飲むことをしないのだろう。バッカスは食べる煩《わずら》いを追い払ってくれたのに。

彼は訳すことができた。十分意味の通る文になって満足した気持ちからか、スズカケの木の下で老人がバラの香りの中で思い悩まずに酒を飲んでいるというその文章が、美しい人の生き方を喚起したせいか、そのどちらでだか分からなかったが、彼は目を上げて微笑んだ。

彼は次の六月に『歌章』[1]の美しさを説明することは求められていなかった。それを訳し、調べ、その文法的な用法について説明することを求められていただけだ。ホラティウスは易しくなかった。彼の文章は大学の優等科向けのものだ。だから彼は一生懸命に註やテキストを調べる単調な作業を続けた。

それから彼は本を閉じた。バスの振動で揺れる活字を見て目が疲れてきた。埃っぽい窓ガラスの外に見える八月の明るい日は終わりかけていて、夏服の肩の上から軽くカーディガンを羽織っている女性の姿も見えた。

彼はディーゼルの悪臭と、生暖かいゴムと革の匂いに囲まれて昼からバスに揺られ通しだった。途中カヴァンで一時間の待ち合わせがあっただけだ。かつてそこの通りを良くぶらついたことがあった。サッカー熱が盛んで、挨拶もサッカーの話だった。

「もしピーター・ダナヒューがサッカー・シューズを履いていたら、ぎりぎりでカヴァンは勝てたよな」手に緑色の鉄の箱を持った車掌が、待合室のドアの外で言った。何らかの理由があってバスはそこで止まっていたのだろう。

「長くかかるかな」彼はラテン語の教科書をポケットに滑り込ませると、振り返って聞いた。

「いや、そんなに長くはない。八分から十分ってとこだ」

「ありがとう」

彼は前を見つめた。ジェラルド神父が待っているだろう。八分から十分たてば会えるんだ。神父がジョーンを連れて行った六ヶ月前のあの晩、約束をしたときには、夏がすぐに来て、もうすぐにでも間違いなく会えると思っていたのだが、おかしな事に、夏を待つ時間がだんだん経っていくにつれて、もっと待たなくてはいけないのではないかというように思い、もしかしたら夏なんかいくら待っても来ないのではないかという気までしてきたのだ。しかし実際こうして、もうすぐにでも会うことができるのだった。教会の尖塔の下に田舎の町の塊が見えてきた。車掌はうなずいた。到着したのだ。バスが速度を緩めると、彼は上の棚からコートとカバンを取る。通りで待っている人々の中に、ジョーンを連れた神父の黒っぽい姿がだんだんはっきりした形となって近くに見えてきた。

挨拶のあとで、ここまでの旅の様子を聞かれてそれに答えた。ジョーンが働いているライアンの店でお茶を招待されているとジェラルド神父は言った。彼らは通りを歩いて行き、装飾的なケルト文字で「オライアン」と書かれた衣料雑貨店の入り口に着いた。店は閉まっていた。彼らは入り口の扉をノックし、店の一方にある階段を上っていった。

ライアン夫人が彼らを迎えた。かつては黒かったに違いないたっぷりした髪の大がらな女性で、灰色のツイードのドレスの上からも、その大きな身体つきが分かった。三人の娘と一人の息子が食堂で父親と一緒に待っていた。父親は威厳がないように見えた。彼女は一人一人を紹介した。彼は父と息

1——ホラティウス作。ホラティウス（前六五—前八）は古代ローマの詩人。

子に握手をし、三人の娘にお辞儀をしたが、緊張して自分が何をしているのか上の空だった。たくさんの物が載せられたテーブルの前に坐った。お茶が出されると神父が感謝の祈りを捧げた。

食事はいろいろな噂話などでずっと楽しく続いた。ライアンでさえも終わりごろには当たり障りのない冗談を言って自分の存在を示した。食後、真夜中近くまで彼らは一緒に過ごし、肉体的に近くにいるからなのか、あるいは雰囲気からなのか、一種の親密さと興奮が混ざり合った気分が生まれた。田舎ではこんなに熱心に、熱っぽく会話が進むことはほとんどない。立ち上がったとき神父の顔は赤くなっていた。そしてとっくに夜が終わっているのに、名残を惜しむように椅子と扉の間を二十分も行ったり来たりしていた。

その時がジョーンと二人きりになれた唯一の機会だった。彼女は家を出てから大きくなっていたが、顔色は前より青白く、少しやつれたようだった。

「大丈夫かい」

彼女は何も答えなかったが、彼には何かあったのだ、ということが分かった。

「幸せじゃないんだね、ジョーン、それとも何か」

「ええ、うちにいた時よりひどいわ」と彼女は言ったが、ライアン夫人が入ってきたのでそれ以上のことは話せなかった。

「うちにいた時よりひどいわ」という言葉が帰りの神父の車の中でも彼を悩ませたが、それがどういうことなのかを考えるゆとりはなかった。

「随分遅くなった。いったん遅くなってしまうと、家に帰るのも忘れて長いこと話し込んでしまうが、あとになって考えてみると何の話をしていたか思い出せないのだから、妙なものだね」神父は何もない夜の道を運転しながら言った。月の光に照らされて道路の脇の木の枝が明るく見える。

彼は革張りのシートに坐り、ヘッドライトの光の中に虫が絶え間なく飛び込んでくるのを見ていた。うちにいた時よりひどい、という言葉はだんだん頭の中から薄れて行った。彼は神父の運転する車の中にいて、父はずっと遠く離れた家にいる。彼は今夜はいつもと違う感じの家で寝ているのだろう。彼は何も知らないのだ。

スズカケの並木道に出ると車は速度を緩め、開いた門に向かうと、タイヤが砂利を踏む音がした。鐘を鳴らすためのロープが垂れ下がっている教会、円を描くような車道の隅にある司祭館が、月明かりの中にはっきりと見え、車道に沿った月桂樹の間から墓地の墓石が見えた。建物の前の砂利が敷かれた空き地の台にサボテンの花が植えられ、その脇に車が止まった。彼は自分のカバンとコートを車から出し、月明かりの中に立った。車道の月桂樹の間に、白い砂利道が墓地を通って、聖具室の扉に続いていた。

「うちの周りにはたくさんの死んだ仲間たちがいてね」神父は彼の気持ちを読んでいるように微笑んで言った。「しかし死者たちには君の邪魔をする必要などないからね。最後の審判の日が来るまでは、彼らは歩くこともできないんだから」

「でも少し変な感じですね」

「そんな気持ちはすぐになくなるよ。心配することはない」

家の中は古くて重々しい家具が一杯で、壁には重たそうな金色の額縁に入った宗教画や、素晴らしい柱時計のコレクションなどがあった。居間には盆の上にサンドイッチとミルクの入ったジョッキ、それに二つのグラスが置かれていた。

「ジョンがわれわれのために用意しておいてくれたんだ。食べた方がいい」神父はそう言ってグラスを満たした。

「ジョンって誰ですか」

「言ってなかったかな。家のことをしてくれているんだ」

「年寄りなんですか」

「君より若い、ちょうど十六かな。教区のはずれの大きな家の子なんだ」

「男の子の仕事にしちゃ変わってますよね」

「そうかもしれない。母親が彼は家事が好きだとわたしに話してくれたんだ。それも変わっているとは思うがね。手伝いのばあさんが昔いたのだが、家の中の事だけでなく、教区のことにまであれこれ口出ししてきたのだ。本当に頭がおかしくなりそうになったよ。それでその母親に彼が十八になるまでわたしのところに来させないかと言ったんだ。ここを出たら、わたしの口利きでどこかでホテルの仕事か何かに就けてやろうかと思ってね。最近じゃ、経歴がなければ大きなチャンスもつかめないからね。そういうわけだから、誰もがこの契約には満足しているというわけだ。わたしは彼を教育しているのだ。君がここにいる間、彼とあまり親しくできないようでも、せいぜい礼儀正しく扱ってくれればありがたい。もちろん彼と君は違う立場にいることを忘れないで貰いたい。彼の教育にとって良くはないからね」

二人は食べ終わった。テーブルに盆を置きに行って、椅子に戻ってきたとき、神父の目は、脇に陶製の二匹のブルドッグを従えたセント・マルティネス・ドゥ・ポレ[1]の像が並べられている炉棚を、じっと見ていた。

「こういうことなんだよ」彼は言った。「彼はこの炉棚をきれいに掃除しておくことになっていた。この置物の配置の仕方を見てごらん。全くセンスがないだろう」

彼は神父がブルドッグの置物を満足できる場所に置き直すのをじっと注意して見ていたが、前とそれほどの違いがあるようには見えなかった。白い大理石の上の、茶色と黄色の法服を着た小さな黒人の像の隣りにある、ただのブルドッグでしかなかった。

「まるで審美眼というものがないんだ。独立して四十年も経つというのに、ほとんどのアイルランド人には全く審美眼というものがないのだからね。たちどころに洗練されるということは無理ってことだ」彼は微笑みながらカラーをはずし、椅子に戻った。

カラーをつけていない彼の姿を初めて見るのは驚きだった。首には赤い痕がついていた。神父は俗人のように、しかも弱々しく見えた。

「寝る直前に食事をしなくてはならなくてね。手術されて、胃の三分の二を切られたからね」

「いつのことですか、神父さま」

「バーミンガムにいた頃だ。ずっと具合が良くなかったんだが、原因が分からなかった。そうしたらある時ミサの後、聖具室で法衣を脱いでいるときに、急に倒れてしまってね。医者は、それまでわたしが何とかもっていたのが奇跡だと言っていたよ」

彼はそう言ってあくびをし、眠たそうにズボンのボタンをはずし始めた。シャツとベストを引き上

1――一五七九―一六三九。スペイン貴族とパナマの黒人女性の間の子としてペルーに生まれた聖人。彼の愛は人間同様動物にも注がれた。犬猫病院を維持したことでも知られる。

げて手術の痕を見せた。胃の上の裸の皮膚には二つの長い十字になったメスの痕と、青くなった縫い目の痕もはっきり見えた。彼は白い肉体の上のぎょっとするような手術の痕を指でたどって見せた。

「今は残った三分の一で全部の仕事をしているわけだ。だから夜遅く食べなきゃいけない。なにしろ、一度の食事でたくさんは食べられないからね」彼は自分の服を置きなおしながら言った。その時玄関で時計が一回鳴った。その響きが消えないうちにまた別の時計の鐘が一回鳴った。それはもっと耳障りな、金属的な音だった。するとその後すぐに、家中の時計からそれぞれ一回、鐘の音が聞こえてきて、最後にこの部屋の壁にかかった二つの時計が驚くような音で鳴った。

「ここで死んだ前の神父が時計の蒐集家で、そのコレクションを教区に残してくれたんだ。いくらか価値があるという話で、すぐに売り払ってしまうわけにもいかなくてね。うるさいんだが、ジョンが妙なことに時計のねじを巻くことが大好きなんだ。

まあ、とにかく一時ということだ」彼は立ち上がった。

彼らはアームチェアの脇に跪き、祈りの言葉をぶつぶつ唱えたが、絶え間なく襲ってくるあくびを我慢することができなかった。

それから彼は石油ランプを取って二階の部屋に向かう廊下を照らした。

12

「タンスがあるから、服はその中にかけておけばいい。ジョンが蠟燭とマッチを置いているだろう。出る前にわたしがつけていってあげようか」

「いいえ、結構です、神父さま。十分明るいですから。もうすぐに寝ますから」

「朝のことは気にしないでいい。好きなだけ寝ていなさい。朝ごはんができたら呼んであげるから」

「ミサは何時からですか、神父様」

「早いよ。でも君は出なくていい。長旅のあとだから。なにも明日だけのことじゃないし。君が眼を覚ましても、雑音が聞こえるだけだろう」

「多分起きると思います、神父さま」

「もしそうだったら下りてきてもいいが、気にしなくていいよ」

話は終わったが、彼は出て行かなかった。扉のところでランプを手にしたままじっと立っていた。まるでおやすみという言葉以上のもっと親密なことを期待しているようだった。カラーを付けていないシャツは喉のところまで開いていた。何年も前のあの忌まわしい父親からのおやすみのキスでなく、今度は神父の唇がやってくるのだろうか。

「ありがとうございます、神父さま。本当に良くしていただいて」お前は何とかしてベッドのそばに移動したいと思っている。

「気持ちよく、ゆっくり寝るのだよ」彼はぎこちない間を置いてから、壁にかかっているマリアの像の足元にある聖水盆に指を浸し、お前に向かって水滴を振りかけ、「おやすみ。神さまが君を守ってくれますように」と言った。

「おやすみなさい、神父さま」十字を切りながらお前はそう言うと、扉が閉まって、彼は出て行った。お前はスーツケースの中のわずかな荷物を取り出して、衣装ダンスに入れ、ここにいる間に勉強するつもりで持ってきた教科書を、ベッドの脇に寝巻きと一緒に置いた。月の明かりが墓地の向こうから入ってきた。部屋の隅にある鏡台の、斜めにひびの入った鏡に月の姿が二つに割れて映っていた。窓の下には砂利道のサボテンの近くに置かれた車が、黒く光って見えた。墓地の柵に黄色く伸びた雑草が絡まっていた。塔の中の鐘を鳴らすロープが、聖具室に向かう砂利道の上に垂れているのが、月明かりの中に見えた。

お前はとうとうここにやってきた。お前は今神父の家の中にいるのだ。リネンのシーツを引いて、ベッドの中に入ることができる。ここから遠く離れた父の家や、そこでみんなが寝ている様子が頭に浮かぶが、今お前はあそこではなく、ここにいるのだ。ジョーンはここから四マイル離れた街のベッドの中だ。お前と同じように、夜はみんなベッドの中。「うちにいた時よりひどいわ」というジョーンの言葉がお前の耳の中で聞こえ、そのとたんお前は彼女が幸せでないに違いないと思い、もっと良く調べてみなければ、と考えるが、お前にはその機会がない。というかお前は自分のことを考えるのにあまりに気ぜわしく、それではいけないと思っても、なかなか彼女のことを思いやれなかったのだ。

窓を通して、月明かりの中、月桂樹のそばに墓地の墓石が見える。墓の周りには今晩のお前のように、かつては生きていた死者たちがいて、彼らの生前の優柔不断や、悩みや、欲望などが、喜びの笑い声と共に、みな等しく土の中に埋められているのだ。彼らは、お前が部屋の中で目を覚ましてたくさんの悩みや不安で一杯になって横になっている間、永遠の夜の闇の中で静かに横たわっているのだ。

夜になると彼らは墓から出て、良心の呵責に動かされて、許しを求めて歩き回るのだと何度も聞かされたことがある。死者たちは大抵神父の家に許しを乞いにやってくるのだ。神父だって、かつての彼らと同じ肉体を持っているのだから、彼らのことを理解することができるだろう。神父には彼らに許しを与えるための、この世のものではない神の力が備わっているのだ。しかし今夜、あの墓場も家の中のように静まりかえっている。

死の瞬間というのが人生の中で唯一真実の瞬間なのだろう。全てのものがあるべき場所に定められる。天国の喜びの中で永遠に生きるのか、あるいは地獄で永遠に生きるのか、あるいは無から無へとでたらめに揺らいでいかねばならないのか、そのどこに向かって行くのかが、死の瞬間に決められてしまうのだ。

肉を食って、バラの花を身にまとってきたにしても、裸で何も持たずに生きてきたとしても、どちらにしても、それまでの生命はそのときに終わるのだ。花飾りや、追悼ミサの案内状、それに言葉なんか何の意味もない。みんな生きている人間のためのものだ。死というものを曖昧にぼやかして見せるためのもので、死そのものには何の関係もないものばかり。生きている人間が死に対して持っている、黒服を着た生と愛のイメージに過ぎない。

死者があらゆるところにいるようだった。月夜の晩にネズミや小鳥がちょっと動くその動きにも、墓が密集している墓地の中にも、柱時計を集めて死んでしまった神父の中にも。恐れる理由はないといくら自分に言い聞かせても、お前は怖くなり、このベッドの中にいても、暗い田舎道を人々の後から一人で歩いているときのように、その恐怖はどんどん大きくなる。誰に追いかけられているわけでもないのに、自分の足音に追いかけられているように、お前の足はどんどん速くなって行く。お前は恐いものなど何もないと自分に言い聞かせながら、立ち止まって耳を澄ますが、何も聞こえず、からかわれているような気がしてくる。お前はもはや冷静に歩くこともできない。闇がお前の顔や喉を撫でていく。お前は息を荒げて立ち止まる。しかしこの暗闇を恐れたままでずっとここに立っていられるだろうか。幸い、周りは広々していてどこへでも行ける。ついにお前は恥も忘れて走り出し、明かりの点っている家々の外壁のほうへ突き動かされるように向かって行くのだ。

しかしこの部屋には走り抜けられる場所はなかった。ただあちこちを動き、時に身体をこわばらせて耳を澄ませても、あざけるような沈黙があるばかり。お前の興奮した身体が発する熱の音しか聞こえなかった。

すると本当の音が聞こえてきた。踊り場の下で扉が開いた。閉まる音はしなかった。床を歩く音と、布がこすれる小さな音がした。お前は手をついて起き上がり、急に怖くなる。一体こんな夜中に何が動いているのだろう。

扉が低くノックされた。お前が「どうぞ」という前に部屋の扉が開いた。壁の暗闇の中に人影があった。

「眠れないのかね」

神父の声だった。いくらか恐怖心が消えて、お前は腕で身体を動かして後ろに引き下がる。

「ええ」ほっとしたが、先ほどまでの恐怖心が大きな疑惑に代わった。こんな時間に神父はこの部屋で一体何をしたいのだろう。何が起こるというのだろう。

「君が落ち着かないでいる音が聞こえたよ。わたしも眠れなくてね。少し話をすればいいんじゃないかと思ってね」

彼は縞のシャツ・パジャマを着ていた。彼がベッドカバーをめくろうとして動いてきたとき、月の明かりに照らされて、彼のパジャマが青い縞模様のついた灰色のフランネルのものだということが分かった。

「気になるかね。こうした方が話しやすいだろう。夏とはいえ真夜中には冷えこむからね」

「いえ、大丈夫です、神父さま」他にどう言えば良いのだろう。そして身体をベッド端の方へ動かす。それでもベッドの中では、足が触れ合ってしまう。シングルベッドに二つの身体が並んだ。

「寝られないんだね。わたしもしょっちゅうだ。よく思うんだが、夜寝られないというのが、一番辛いことだよね」彼はそう言った。お前は彼の手がお前の肩に触れてくるので身体を硬くする。父親と過ごした夜中の恐ろしいあれこれが、また始まるのだろうか。彼の手はお前の腕の近くにある。お前はののしりの言葉をあげて、身をよじって出て行きたいのだが、板のように硬直して横になっているだけだ。目の前の壁をまっすぐに見据え、お前の顔を探っているに違いない彼の視線に目を合わすことを何よりも恐れていた。

「普段は良く寝られるのかね」

「ええ。神父さま。初めての家での初めての晩だから、なかなか寝られなくって」

「旅慣れていなければ、初めての場所では誰でも寝付きが悪くなるよ。わたしも大学から帰ってきて初めての晩には、家でも寝つけなかったし、休みが終わってまた大学に戻って行った最初の晩にもそうだった。君はここに慣れていないし、まだいくらか興奮状態にあるのだろう」

彼の手がお前の肩の上で動いている。何を言って良いのか分からない。指がお前の喉の上をさまよっている。お前は何をすることも、何を言うこともできない。

「なぜわたしが君をここに招待したか分かっているね」

「はい、神父さま」

「さっきそのことを切り出そうかとも思っていたんだが、長旅で疲れているだろうと思って黙っていたのだ。君が落ち着かないでいるのが聞こえたので、いい機会だと思って話しに来たのだ。実際、それが君の落ち着かない原因かもしれないし。何であれ、話してしまうのが一番だからね。あれから聖職ということについて考えてみたかな。わたしが君にここにいて欲しい一番の理由がそれであることはわかっているね」

「はい、神父さま」

「結論が出たのかね、それとも出そうなところまで行ったかな」彼は顔を近づけて尋ねた。手は彼の肩の上をじっと強く抱きしめていた。

「いいえ、神父さま」お前はそれ以上のことは言えない。涙をこらえた。あまりにも恐ろしく、あまりにも救いがない。

「どちらの道に進むのかまだ決めていないんだね」

「ええ、神父さま。分からないんです。はっきりしなくて」

お前は追い詰められ、絶望的になる。彼の身体や、お前を抱いている彼の腕から逃れたいというよりも、この種の質問から早く逃れたかった。

「何が一番の問題なんだね。君は聖職者になりたいんだろう」

「はい、神父さま」

「それじゃ、何が一番の問題なんだね」

「自分が向いているかどうかがはっきりしないんです。分からないんです」

「神さまは君を迎えにわざわざ天国から降りてはこられないということはわかっているね。聖なる父は聖職者の資格として三つあげておられる。道徳的で良い性格、少なくとも平均的な知性、そして健康。もし君にそれらが備わっていて、君の人生を神に捧げたいと思っているのなら、資格は十分にある。簡単に理解できることだろう。それでもまだ自分の道をはっきり決める助けにはならないかね」

「ぼくは自分が十分に良い人間であるとは思えないんです、神父さま」簡単にまとめてしまい、本当に言いたいことをぼやかしてしまったので、お前の顔から涙が流れ出す。

「どうして」

「確信がないんです。何年か世の中に出て自分を試してみれば、確信が持てる気がするんです。それから聖職者になっても、遅くはないと思うんですが。そんな風にして聖職者になった人はいませんか」

「それはちょっとね。そんなことをすれば、単調な生活の繰り返しで、悪習が身につき、そのあげく流されてしまうのではないかな。いったん世間の味を知ってしまうと、いつであっても、毎日を神に捧げる習慣を身につけることは難しくなると思う。遅くなればますますそうなるだろうね。世の中に出てその味を一度知ってしまってから決断するのは、もっと大変なことになると思う。一時の興奮や目新しさなんて、すぐに消えてしまうものだよ。どんどん、どんどんとね」

彼は話し止めた。壁に向かっての会話が終わり、彼の声の調子が突然変わった。

「女の子とキスをしたことはあるかね」驚きの一撃。

「いいえ、神父さま。一度も」

「キスしたいと思ったり、欲したりしたことは」

「あります、神父さま」絶望の涙が流れた。彼の手がお前の、つまらない汚いところに向かって押し進んできて、涙が止まった。お前は生まれたときのように、塵のような小さな卑しい存在になっていた。

「ここを楽しませたことがあるかね」

「はい、神父さま」押し殺したような声で答える。

「頭の中で想像して、自分の手で興奮させて、そして種をばら撒いたんだね」

「はい、神父さま」

「どれ位だね」

「時には週に数回。全くしないときもありました」

「週に何回くらいかね」

「七八回のこともありました、神父さま」

「止めようとしたことは」

「はい。いつも告解に行ったあとは」

「その努力が長く続くことは」

「最後にしたときから六週間たっています」

「そういう快楽のときに頭に思い浮かべるのは、一人の女性のことかね、それとも複数の女性かね」

「複数です、神父さま」

「実在の女性かね、それとも想像のかね」

「両方です、神父さま」

「君はその悪習にとりつかれているわけではないだろう。やめることができると思っているね」

「はい、神父さま。多分」

「それが君が確信が持てないと言った理由なのかね。良い人間でないと言った」

「はい、神父さま。ぼくは良い人間と言えるでしょうか」

お前は自分が無であり、塵のように安っぽいものであると感じて打ちひしがれていたが、徐々に希望が出てき始めた。神父はこの敗残者を救うことができるだろうか、よしよし、お前は十分良い人間だ、と言ってくれるだろうか。

「君がその罪悪と戦おうとしているのなら、どうして悪人と言えるだろう、その理由が分からないな」

喜びが沸き起こる。世界は再び美しいものになり、全てが美しかった。

「神父さま、あなたもぼくくらいのときにその罪悪と戦ったことがおありなのですか」お前はそう聞く。全てが明るみにされ、お前たちは、同じ難破船に乗った乗客仲間のように、一蓮托生の身なのだ。

しかし長い沈黙が続いたので、お前の気持ちは萎《な》えてしまう。お前は出しゃばってしまった。お前たちは決して同じ船に乗っているのではない。お前は船の外で一人、自分の罪悪にまみれていたのだった。

「少し深刻に考え過ぎじゃないかな。ひた隠しにしようと思って、気に病みすぎているというのがいけないんじゃないのかね」彼は質問を全く無視して言った。「聖職者になった連中のほとんどは若いころは随分、明るかったよ。サッカーをやり、休みにはダンスに行き、女の子とふざけあい、ダンスのあと家に連れて帰ったなんていうのもいたな。みんな普通の良い聖職者になっているよ」

恨みの気持ちがだんだん怒りの気持ちに代わっていき、お前はもう彼の言葉をほとんど聞いていない。彼はお前の人生を壊して塵にしてしまった。お前を塵芥にしてしまった。どんな肉体も他の肉体に勝るなんてことはないのに。お前は悩みを分かち合って欲しかっただけだったのに。お互いにそれを認め合い、喜びの気持ちに浸りたかっただけなのに、彼はそうしなかった。彼は優位に立った発言をした。お前は余計な質問をしてしまったのだ。彼にも肉体があるのなら、かつて彼だってお前と同じ罪を犯していたに違いないのに。

どんな権利があって彼は熱い身体をお前の身体に寄せて、腕をお前の肩に廻しながら、お前と同じベッドに寝ているのだろう。父がお前の腿を撫でていた、あの忌まわしい夜とほとんど変わらないじゃないか。お前はお前の身体の近くにある、彼の胃の上の青い傷跡を思い出す。

「君は罪を避け、いつも君を守ってくださるように、神さまにお祈りをしなければ。年をとっていけば、君の情熱も簡単に抑えられるようになるさ。だんだん弱まっていくからね」彼は喋っている。

「君はここに好きなだけいればいい。静かに考える時間を持つこともできるし、何か悩みが出てきたり、疑いが持ち上がったらわたしのところにくれば良い。話し合おう。そしてわたしが君のために祈るように、君も祈るのだ。神さまが正しく導いて下さいますように、ってね」

彼は話し止めた。お前は聞きながら、苛立ちと怒りをだんだん大きくさせていった。こんな夜は二度とごめんだ。お前は彼に何も言わなかった。お前は彼に、彼が与えたのと同じ鋼鉄のような冷たさを与えたのだ。

お前は彼が腕を緩めて、ベッドから出て、シーツを直すのを感じる。お前は、彼が聖水をお前の熱くなった顔にかけた時、こぶしを固めたが、その雫《しずく》はパセリの軸のように冷たく落ちてきた。

「神さまが君をお守りくださり、祝福されますように。できれば眠りなさい」彼はそう言って、入ってきたときと同じように音を立てずに出て行った。

13

神父が出て行ってからも苦々しい気持ち、いや激怒と言ってもよい気持ちは治まらなかった。自分の汚らわしさの最後の最後まで剝ぎ取られた気分。誰であっても、誰に対してもあんなことをする権利なんかない。恥。お前を見ると、彼はこれからいつもその言葉を思うに違いない。もしまたこんなことが起こったら、お前は何を言うのだろう、あるいは何を言わないのだろう。そもそも何が起こって欲しいのだろう。お前は彼に何も与えずに、彼の希望を打ち砕くのだろうか。しかし今夜のところは全て終わった。ただ止むことのない熱っぽくて、落ち着かない、苦しい気持ちが残っているだけだ。月の光がまだ部屋の中にも鏡のひびの中にも落ちている。時計が一時半を打った。一つだけ素早く鳴る。だが正確な時間はわからない。どの時計も他の時計と一緒に鳴り出さないし、ただ連続して鳴るだけ。寝るのはもう無理。絶えず苦しい考えが浮かんでくるだけ。

ついに、落ち着かなさと暑さのせいで、お前は手を伸ばして床の上に置いた靴の中のソックスを取り、それから硬くなるまでペニスをもてあそび、それにソックスを被せる。お前の心はかき乱され、何かをしなくてはいけない気持ちになり、そう思うといくらか熱が引いて行く感じがした。お前は向き直ってしごき始める。リズムに乗せて、しかし何の想像力も働かせずに。ベッドのスプリングがきしむ音が聞こえてくる。ベッドの端の方まで動くと、マットレスの下の固いレールにぶつかる。お前はどんな想像も働かさない。ナイロンの下着の縁飾りのことも、お前が噛んでいる桃色の乳首のことも、お前の髪の毛をかきむしる女の手のことも、何も考えない。ただゆっくりとピストンが上下するように、機械的にしごくだけ。だんだん熱くなり、お前は口を枕に押し付け、狂ったようにしごき、靴下の中に果てる。最後の脈動が来たとき、靴下を通してシーツに染みを作らないよう、お前は向きを変える。靴下をはずすとき、手に湿っぽいものがやって来て、それが床の上の靴の中に垂れていく。お前は仰向けになって平静な気持ちというより、むしろ無感覚な状態になって天井を見つめている。

この間告解をしてからの六週間にわたる苦行を今お前は破ってしまった。朝のミサに出ることもできなくなった。聖職者には決してなれないし、何になりたいということも決められず、ただふらふらと彷徨《さまよ》うことになるのだろう。なるようになれ、そのほうが楽だ。一時間前の審問の記憶が蘇ってきて、お前は惨めになって震え始める。しかしそんなことは忘れようとした方がいい。

時計が馬鹿みたいに次々に鳴る。三十分毎にあちこちから一回ずつ、一時間ごとの連続した鐘の音。朝の光が明るくなるにつれて、黄色い月明かりは薄れていく。お前は天井板を眺める。壊れた真鍮の鐘が付いた古いベッドのあるお前の部屋の天井板よりも、さまざまな種類の木目や節が見える。「朝はやってくるのだろうか、やってくるのだろうか、やってくるのだろうか」あの呪われた時計が鳴るのを待っているのにはもう我慢ができず、お前は起きて着替えをし、しっかりとノブを押さえながら、音を立てないようにして、玄関のドアを閉め、外へ出た。

外には、もやがかかっていて、白くかすんでいた。暑い一日になるだろう。教会の建物が二十メートルくらい先にぼんやりと見えた。月桂樹や、鉄の台に植えられたサボテンの葉の上や、墓地に向かう草の上などに、蜘蛛が糸を張っていた。お前が車のフェンダーに指を這わせると、黒く光った跡が残る。お前が墓の間を歩くと、草には光った踏み跡ができていく。

お前の頬は疲労で熱くほてり、お前はこの濡れた冷たさの中に裸になって横になり、濡れた草に顔を押し付けて、転がし、熱くなったお前の身体の穴を濡らしたいと願う。

お前はこの濡れた草や月桂樹の中で低くさえずるミソサザイの鳴き声にしか気がつかない。お前は歯をこすり合わせ、腕を組んだり解いたりしながら、破壊的な昨夜の記憶へと、気持ちを傾けていく。そしていくら考えても、同じ場所をぐるぐると行ったり来たりするだけで考えは一向にまとまらない。

お前は決して聖職者にはなれない、今は決して。それが全てだ。神聖な手を挙げることも決してないだろう。お前は世の中に向かって漂っていくのだ。少女や女たちのいる世界、仲間と騒いで過ごす夜に。死に向かって孤独に神に命を捧げていく聖職者の生活と対極にある世界に向けて。お前の人生は決まっているのだ。どうしてだか分からないが、決められているのだ。お前は選択できない。お前は放浪者となるのだ。快楽を求めて放浪して全生涯を終え、そしてその最後につけがまわってくるのだ。もし聖職者になれれば、最後の息苦しい瞬間にも恐れを抱くことなく死の世界に入って行くことができるのだが。現実の世界のことなどとうに捨てて、ずっと前から死の世界を切望し続けているのだから、最後になっても混乱しないですむのだ。しかし、あの夜や、あの部屋や、お前の父親、それに果樹園の周りの生垣のことを考えるだけでも今は混乱してしまう。どれが初めで、どれが終わりかも分からない。

朝の激しい気持ちがだんだん薄れてきた。しかしそれをまた思い出しながら、お前が墓石の間に呆然と立っていると、扉が開き、法衣を着た神父が水差しと重い掛け金の鍵を持って立っていた。

「おはよう。君がこんなに早くから起きてくるとは思っていなかったよ」

「おはようございます、神父さま。よく寝られなかったんです」

「初めての場所での初めての晩というのは、いつでも落ち着かないものだ。あのもやの様子だと、今日も暑くなるぞ」

「そうですね、神父さま。こんなもやの日はたいてい暑くなりますからね」おざなりの言葉が行きかう。お前はこれからの人生で、どれくらいこんな丁寧な雑音が行き来するのかと思う。

「ミサでわたしの侍者をしてくれないかな」神父は言った。お前は砂利道の上で彼に並ぶ。

「はい、喜んで、神父さま」

「普段はジョンがやってくれるのだが、別に今日一日やらないからといって、彼にとってどうということもないからね。ミサの後すぐに彼が朝ごはんの用意をしてくれる」

「それはいいですね、神父さま」

「礼拝に来る人はいないとは思うがね。普通の日には、めったに人はこないんだよ。それが実体さ」

彼は聖具室の扉を鍵で開け、祭壇を通って中央の扉に向かい、重い鉄の仕切りを持上げてはずし、両方の扉を大きく開けた。小さな瓶にはぶどう酒と水が入っていた。水の入った聖盤があり、白い布が十文字に敷かれていた。彼はお前に、自分のスータンとサープリス[1]を貸してくれた。

1――聖職者が着る長衣と白衣。

「準備はできたが、まだ八時になっていない」聖具室の壁の十字架像の前で二人が服を着ると、彼は言った。「教員を退職したミス・ブレイディがいつも来るのだが、ここ一週間以上姿を見せていないんだ。海の方へでも出かけて行ったのではないかと思っているんだが、念のために八時までは待った方がいいだろうね」

外で鳥の鳴き声がしていたが、聖具室の中は沈黙に覆われていた。八時までそこで待つ間に、また何か妙なことが起こるのではないかという緊張した気持ちになってきたので、時間になると二人は一緒に十字架像に頭を下げた。

お前は誰も聞いている人間がいないのに、ミサの間気持ちを集中させ、余計なことを思ったり考えたりしないで、返礼の言葉や動作をし、ぶどう酒と水を注ぎ、小さな鈴を鳴らし、祈禱書のページをめくったりした。神父は死者の黒い礼式服をきちんと着て夢の中で動いているようだった。昨晩の神父とは全く違って見えた。

お前も夢の中で儀式を勤めているようだった。聖餅やぶどう酒がいつ取り替えられたのか全く気がつかなかったほどだ。もし聖餐式に邪魔が入って、何も受け取らなかったりしたら、お前は罪を犯したことになるのだが。お前は神父の方を見るが、彼は気が付いていないようだったし、気がついたとしても、そんなことは彼にとって大したことではないようだった。それからお前は黙って最後に水とぶどう酒を注ぎ、ミサは終わりになった。

部屋には朝食の用意がされていた。ブロンドの髪をした、蒼白い顔の、ここより都会にいる方が似合っているような十五歳の少年が、茶を持って入ってくると、神父は言った。「ジョン、こちらがマホニーさんだ」

「いらっしゃいませ、サー」彼はお前の手を取るとこう言って微笑んだが、お前は何も言葉を返せない。今まで、マホニーさんと呼ばれたことも、丁寧にサーと言われたこともなかったからだ。全く現実離れした感じだ。

新聞が来ていた。神父は見出しのいくつかについて意見を述べてから、折りたたんでテーブルの端に置いて言った。「新聞なんて時間の無駄なんだが、なんだか不思議にこちらの気を惹くところがあってね、習慣からだか、好奇心からなのか、知らないでいると世の中で大変なことが起きてるんじゃないかという気がしてね。自分の小さな世界の外にある大きな世界と自分が関わりがあるなんて思うのは一種の幻想にすぎないのだけれどね」

「そうですね、神父さま。前にはそんな風には考えていませんでしたけど」

そんな風に会話は進み、昨晩のことには何も触れられなかった。神父は今日は出かけると言った。今晩は遅くまで戻らないだろう。

「好きなようにしていて良いからね。ジョンが昼も用意してくれる。本もあるし、本箱の引き出しに鍵が入っているから、自分で本を探せばいい。わたしも今司教になっているマイケル叔父のところで、休みには本を読みに読んで過ごしたものだよ。

好きなだけここにいていいんだからね。一週間でも二週間でも。わたしはこれからもちょくちょく出かけると思う。考える時間は十分にあるから、結論も出ると思うよ。本当に気楽にくつろいでくれたまえ」

「ありがとうございます、神父さま」お前はこう言って頭を下げる。他に言うことは何もない。

神父は出かけるときにジョンに何か指示を与えた。何をしに行くかの説明もなしに、お前も尋ねないまま、彼は出て行った。お前は車が台座の周りの砂利の上を走るのを眺め、神父が手を振るのに応えた。車は月桂樹を過ぎ、丸くカーブした車道を走り、誰も閉めたことがないのではないかと思われる門を抜けたあと、見えなくなった。

14

自分の部屋に戻れば、お前はもう憂いもなく、今日一日まるまる思いのままに使えるのだと思う。恐れや疑いや欲望、そういったものが、頭に浮かんだり消えたりしなければいいなと思うだけだ。

がっしりしたマホガニー製の本箱があった。ガラス戸の中にはスコットやディケンズ、シーハン司教[1]の本、ワーズワースやミルトン、茶色の革装の本、背中に金文字の入った本、堅い宗教の本、たとえば教義や、教会の歴史、説教の本などに混ざって、一冊だけオレンジと白のペンギンブックで、トルストイの『復活』があった。お前はその本の題名もトルストイという作家のことも聞いたことがなかったけれど、小さな鍵を回して、それを手に取る。他の本のように古びた感じも、埃っぽい感じもなく、そこには緑の葉や明るい日の光があるようで、今までにそれほどたくさんの死者がこの本のペ

1—パトリック・オーガスティン・シーハン。一八五二—一九一三。アイルランドの宗教家であり、宗教小説作家。『ジェフリー・オースティン』（一九〇三）など。

ージをめくった形跡もなく新鮮な感じがした。

お前はその本を持って外に歩いて出て行った。太陽の光が、朝もやを消して、照り付けていた。焼けるような一日がやって来る。お前は熟《う》れたカボチャの色をしたサボテンを眺め、それにどんな宗教的な意味があるのだろうと考える。前にサボテンを見たのはロングフォードの慈悲修道会の前で、やはり白い砂利が敷かれた鉄管でできた台座の中にあった。でもそれは色が薄れていた。黄色いサボテンを長い間眺めていると、黙りこくることになり、そうするとまた恐れが湧いてくる。

しかしお前はどこに行こうとしているのだろう。この本を持って一体何をしようとしているのか。

周りはリンゴ畑だった。白い鉄の門はペンキが塗られたばかりだ。中に入ると、すぐに緑のベンチがあり、フクシャの枝が上から垂れている。その鐘のような花はとても赤く、中のおしべめしべは紫色だった。お前はそこに坐り、リンゴの木の向こうに続くキャベツ畑を眺めてから、本に視線を戻したが、長くは続かなかった。

なぜお前はここにいるのだろう、また自問が始まった。

坐って本を読むためだ。

いや、そんな目先のことじゃない。どうしてここにやってきた。そしてなぜお前はここに一人でいるのだ。

聖職者になることについて考えるために。

お前はなれないんだよ。夕べだってまた罪を犯したじゃないか。今朝のミサにだって本当は顔なんか出せなかったんだ。ここ数週間、例の悪習を止めていたのは、ただ神父の前で面目を保っていようとするためだけだったじゃないか。

お前は世の中に出て行きたいんじゃないのか。お前は少女や女が欲しいのだ。彼女たちのドレスに触れ、キスをし、柔らかい肌を抱き、彼女たちに優しく抱かれたいのだろう。一回の恍惚感の中に全てを埋めて、野蛮な闇の中に落ちて行きたいのだろう。

安らかさと愛情に満たされる、という夢。無事でいられることの魅力。一人の女性の絵姿。妻という言葉の響き。庭があり木に囲まれた川沿いの家。夕方にはお前の愛する彼女が木の門のそばでお前の帰りを待っている。彼女は芥子色のコーデュロイのドレスを着ているのか、あるいは襟ぐりの広い綾織のドレスを着ているだろうか。黒髪はきれいに梳《と》かされている。それから息子と娘。娘は髪に青いリボンをつけ、草の上で遊んでいる。お前は息子と娘を抱き上げてキスしてやる。それから彼女、お前の愛する妻のまぶたにそっと優しくキスする。日曜の午後には川へピクニックに行く。川岸で遊ぶ笑い声。白い服が草の上に広がる。冬の夜にはスリッパを履き、本を手にして、暖炉の明かりに照らされながら妻がピアノを弾くのを聴く。鏡に映る彼女が髪を梳かす姿を長い時間眺める。夜は二人で何時間も優しく愛を交わすのだ。キスをしながら「大好きだよ、愛しているよ、ぼくはとても幸せだ」と囁く。喜びとご馳走のクリスマス。木の枝から滑り落ちる雪の音が外で聞こえ、ラジオからは歌が聞こえてくる。

アイム　ドリーミング　オブ　ア　ホワイト・クリスマス
ジャスト　ライク　ザ　ワンズ　アイ　ユース　トゥ　ノウ

終わることのない幸せの世界。

聖職者になったらそれらの全てをあきらめなくてはいけないのだ。もっともどっちにせよそんなものには、結局のところ何の意味もないのだろうが。楽しい瞬間などいつの間にか逃げていってしまうのだから。そして死が必ずやって来る。全ては死に釘付けにされてしまうのだ。世界を手に入れても、女性を手に入れても、そんなことは関係ない。最後の裁きを受けて、そこでたじろいでしまうのかどうか、それだけが大事なことだ。ぼくはできる限りの努力をしてきました、とその時に言えるだろうか。聖職者ならそう言えるだろう。なにしろ人生よりも神を選んだのだから。

しかしながら、何の変化もない、飢えもない、思い焦がれることもない天国での幸せな生活、永遠の庭でいつまでも賛美歌を歌うこと、そんなことを本当に望んでいる人がいるのだろうか。

火に焼かれ、虫に這われ、汗と呪いがいつまでも続く、絶望の地獄もあるのだろう。地獄からは、川沿いで過ごす無邪気な午後の日々、鏡に映る黒髪を梳かす様子などは、どのように見えるのだろう。失ったときの苦悶がないように、最初から幸せなど知らない方が良いのだろうか。聖職者は幸せをあきらめてしまっているから、煩悶というものとは無縁だ。しっかりとした心は穏やかなまま最後まで続き、地上の愛やどんな憧れに悩まされることもない。全てのことはずっと以前に決められているのだから。

お前の父親は聖職者ではない。彼は世の中に出て、ロック・フィールドでサッカーをやり、夏には大きなテントの中で、冬のパーティーではヤドリギの下でダンスをした。彼は結婚して子供が産まれたが、あまり優しくはなかったようだった。しかし父親の生活は、お前の生活と何の関係があるのだ。もしお前が結婚すれば、お前は父親の力を否定し、それを壊すために、木を植えるだろう。父親の力の代わりに、お前の優しさ、お前の人生の素晴らしさで周囲を完全に満たすのだ。しかし、聖職者になれば、お前はあの呪われた家で、神の御許に召された子供でありつづけねばならない。もしお前が聖職者になれば、女性を一度も愛することもなく、愛されることもなく、情熱の六月に結婚することもなく、死の床で発狂することもないだろう。人間としての満足感なんてものはないのだと、偽って人生を送るからだ。三ヶ月でも情熱的になることができれば、それはそれで素晴らしい贈り物になるはずなのに。

ぼくは情熱的に相手を恋していたときに結婚したのだ、ということであれば、たとえ現在恐れがあったとしても、いい思い出が残る。そういう考えがいつもお前にはとりついている。お前はいつもそれにあこがれているのだ。人生の赤いバラの花。しかし一日たりともそれを享受できないのだ。だが逃げ場はないのだから、そんなことを考えても仕方がない。お前は放浪者にすぎないのだ。何かを決定する責任など持てないのだ。お前は単なる渇望者にすぎない。ふらふらと彷徨うだけ。女性とのキスの恍惚感を夢見ているだけだ。

お前は今こうして緑のベンチに坐っている。それだけで十分ではないのか。ガラスのように透明な太陽の光がふりそそいでいる。お前の手は汗で湿っている。熱気の中でぶんぶんいう音がずっとしている。コートを脱いでネクタイをはずす。

庭には六本のリンゴの木があった。三本の料理用のリンゴの木に蜂の巣が一つ。ビューティー・オブ・バース[1]は霜の時期までは熟さないし、梨のような錆の模様が入っている。半分ほどシロップの入ったジャムの瓶が木の枝に下がっている。蜂がその縁の周りを円を描いて飛び、死んだ仲間を取り戻

1―赤い斑の入った渋みのある黄色いリンゴ。

そうとしてもがき続けるが、しまいには自分もシロップの甘い誘惑に負けて溺れ死んでしまう。地面に落ちているリンゴもいくつかあった。周りの皮は明るく、中の果肉は腐って茶色くなっている。木に生《な》っているビューティー・オブ・バースは冷たくて硬く、がぶりと噛もうものなら、歯にしみて、思わず生垣に沿って生えている背の高いカモガヤ[1]の奥まで吐き飛ばさずにはおれなくなるに違いない。

　お前はコートとネクタイをペンギンブックと一緒にベンチの上に置き、ぶらぶらと墓地の中へ入って行く。墓にある小さな花の間を蜂が飛び回っている。すごい熱気しか感じない。足元の白いクローバーは、蜜を吸おうとしてよじ登っている蜂のせいで揺れている。蜂が、不安定にぎこちなく震える白い花を攻撃しているのを、お前は見ている。突然お前は飛びあがって、蜂と花を一緒に墓地の土の上で踏み潰してしまう。もっとたくさんの蜂が太陽の光の中で、赤や白や黄色の花の頭の間を動いていた。お前は気晴らしに蜂を次から次へと踏み潰してみた。そうすることが朝の楽しみになり、墓地の蜂の数が数えられるくらいに減って行き、かえってあとを追いかけるのが難しくなった。その昔ネロはローマで自分の邪魔をする者たちを皆殺しにしてしまったが、それがどうしたというのだろう。どうせ時が来れば、みんな墓の中に入って行ってしまうのに。

　ここは緑の監獄のような場所だ。カエデの壁が通りをさえぎっている。背の高い墓地の壁、建物の後ろにはハリエニシダで覆われた険しい小山に、木が植わっていない草地が一箇所だけあって、その真ん中で一頭のロバが、草を食《は》んでいた。その小山は周りの野原を囲み、はるかかなたにまで続いていた。ほとんど動くものもない。エンジンの音が聞こえてきた。カエデの向こうで、乗用車かトラックが走っているのだろう。どこかの畑から二人の人間の話し声が風に乗って聞こえてくる。どこかで雌鳥がおびえて鳴いている。墓石とそこに刻まれた名前や言葉や日付、草やしおれた花輪、ガラスの花瓶に挿されたいつまでも枯れないぞっとするようなバラやユリの造花だけしかここにはない。お前はそれらの目録を作ることもできる。そんなことをしても蜂の虐殺と同じで、時間潰しにしかならないけれど。何をしても一日はそれなりに過ぎていくものだ。

葬式の鐘の音が近くで鳴り、少しして ゆっくりと二回目が鳴った。カエデの木の間を通って、葬列が通り過ぎて行くのだろう。車の音に混ざって蹄鉄を付けられた馬がやってくる足音が聞こえる。ジョンが家から出てきてお前の方へやって来る。

「あの鐘の音はどこから聞こえてくるのかと思っていたんだ、ジョン」

「あそこのプロテスタント教会からです、サー。ムンローさんの葬式が今日あるんです、サー」

こういう言葉を聞くと、お前は立ち止まってしまう。丁寧な口調はとてもおかしな感じがする。今まで誰からもサーと言われたことはない。それにサー付けをしたり、されたりするような理由もなさそうだ。うわべを飾る言い方は居心地が悪い。

「どうして君はぼくにサーをつけるんだい、ジョン。君とぼくは年齢も何もそう変わらないじゃないか」

彼は立ち止まった。目が一瞬光り、青白い顔に赤みがさした。

「分かりません、サー。あなたはここのお客様ですから、サー」彼は困惑したような長い沈黙の後で、お前の質問を全く無視するように言った。良く分からないが、とにかくお前はへまをしてしまった。

プロテスタント教会のゆっくりとした鐘の音が続いていた。

1——小花が鳥の指のように開いて付く牧草の一種。

「遠くまで行かなきゃいけないのかい」お前は砂利道の上で何とか会話を続けようと試みる。

「アンジェラスの鐘[1]を鳴らしに教会まで行くだけです、サー。でもあの葬式が終わるまで待つべきでしょう、サー」

「ここらにはプロテスタントの人たちがたくさんいるの」

「カトリックの半分くらいです。でも彼らは良い土地を持っています、サー」

彼は教会で鐘を鳴らすロープを握ったが、葬式の最後の鐘が鳴り終わるのを確かめるまで、それを引かなかった。お前は十字を切り、祈りを捧げようとしたが、できなかった。彼の白い腕が、鐘を鳴らすロープと共に、上がったり下がったりしていた。ただそれだけだった。

「お昼は何時がよろしいですか、サー」彼は鐘を打ち終わると聞いた。

「特に決めてはいない。君の都合のいいときでいいよ」

「それでは一時間くらいで。一時に」

「もし君がそれでいいのなら、それで結構だ」

「はい、サー」

お前は彼が砂利道を通って正面のドアに行くのを眺めている。サー付けは本当に奇妙だ。少年のハウスキーパー、日中お前が一人だけでここにいること、みんな不可解で奇妙なことだ。

砂利道から砂利道へ、そこからまた庭へふらふらと歩き回り、サボテンの葉をじっと眺め、今お前の父親は何をしているんだろうと思ったり、前の晩の記憶に震えたりすることの他に、一体どうやってここでの時間を過ごせばいいのだろう。お前の心は一つのことを長い間考えていることができない。手が何かに触れると、拳が白くなるほどにしっかりとそれを掴んでいたいと思うのだが、できない。

一時間が数時間に思われ、昼の時間を知らせる妙な銅鑼の音が聞こえてきて、初めてほっとする。お前は腹をすかしてはいないが、無理にでも食べようとする。ドアや窓は開いているのに、何も聞こえてこない。お前は虫に刺された足を叩くために、時々ナイフやフォークを置かなくてはいけない。ジョンが出たり入ったりするが、決して話をしようとしない。

食後お前は脇に二匹の陶器のブルドッグを従えたセント・マルティネス・ドゥ・ポレの像の置かれた白い大理石の炉棚の前に立って、また本棚を眺める。さっきと同じように、お前は何冊か手に取る。お前は怒ったような目で活字の上をあてもなく彷徨ったあと、それを棚に戻し、また別の本を取り出し、それを戻し、また取り、と、それの繰り返し。しまいに、お前は一冊の大きな歴史の本を取って床に投げつけ、怒りを込めてその上に足を乗せ、「お前をやっつけてやる、お前をやっつけてやる、やっつけてやる」と叫んだ。

感情の激発は、それが発散されてしまえば、収まっていく。お前は、ジョンが台所で、今のを聞いていなかったかどうか心配になる。お前は半分気が狂ったようになっていたに違いない。床の上の本についた傷がばれてしまうのではないだろうか。それからその本を拾い上げ、馬鹿馬鹿しい気持ちになって棚に戻し、鍵をかける。お前はまた椅子に腰かける。集められた時計が、また三十分を知らせるでたらめな鐘を次々と打ち始めた。

この家は全体に徹底的に古びた埃っぽい感じで覆われている。あの時計、ブルドッグの置物、マホガニーの本箱、黒い革のアームチェア、それに誰も使っていない部屋。お前の家の中にだって、たと

1―朝・昼・夕に鳴らしお祈りの時刻を告げるための鐘。

えちっぽけであっても、もっと生活感というものがある。

神父たちが住むこういった家の中で、お前はいつの日か一人で住むことになり、夏のワンピースを着た娘たちがカエデの下をぶらついているのに、本のページをぼんやりとめくり、月桂樹の間を歩きながら典礼文を読んだりすることになるのだ。お前は敗残者や病人を慰めるために、部屋を訪れることだろう。人々は自分の望みのために、また死者たちのためにミサをあげてくれとか、あるいは出生証明や結婚証明が欲しいと言ってお前の家の戸口までやってくるだろう。今は夏。新聞とウィスキーを手にして木の葉が落ちるのや、長い夕暮れ時に次第に雨が雫を集めていくのを庇の下から眺めるという生活はお前にとってほど遠いものになるのだ。

もっともそうなるのはずっと先のことではあるだろう。それにしても、この黒い革のアームチェアに坐って、窓から緑の月桂樹の葉を見ているだけで、今日一日どこにも動いてはいけないのだろうか。いや、どこかに行くのが一番だ。

「ええ、うちにいた時よりひどいわ」ジョーンはそう言っていた。何がひどいのか知ることはできないが、自分もうす汚いことをしているということも忘れてしまうくらいに気になる。考えれば考えるだけ、力が湧いてくる。出て行く前にジョンに話しておいた方がいいだろう。お前が下りて行ったとき、彼はシャツ姿でパンを焼いていた。パン生地と、とろ火で煮たリンゴの混ざった匂いがした。

「すまないけれど」お前は彼が仕事を始めているので謝らなければならない。「街までは遠いのかしら」

「三マイルかそこらです、サー」

「一時間も歩けばいいよね」

「はい。楽々と、サー」

「出かけようと思うんだ、妹に会いに。彼女がこちらに来てから会ったことがあるかい」

「日曜日に二回ほど、サー」そんなことをしても何にもならないのに、彼は全てにサーという飾りを付けて話した。

「神父さまがぼくより先に戻られたら、ぼくの行き先を言っておいてくれないか」

お前はジョンを眺める。お前は彼がここにいて幸せかどうか、あとどれくらい神父とここにいるのか、そのあとどこに行くつもりなのか、読書やスポーツに興味があるのかどうか、そんなことを尋ねられればと思ったが、実際には聞くことができなかった。それどころかサーと言われれば言われるほど、会話に現実感がなくなっていくのだった。

「それじゃ、行ってくるよ、ジョン」

「行ってらっしゃい、サー」

教会の前にある石の踏み越し段[1]を越えて、お前は涼しいカエデの木陰の中に入って行く。道を数百ヤード行ったところに、先ほど葬式の鐘を鳴らしていたプロテスタントの教会があった。カエデ並木はそこで終わって、トネリコの苗が顔を出している茨の生垣のある、背の高い草の生えた岸の間に泥道が続いていた。とても暑いので、お前は上着を脱いで腕にかけて歩かなくてはならない。街に近づくにつれて、地面は土や石からコールタールへと変わってきた。暑さで溶けたコールタールの匂いがあたり一面に漂い、お前の靴底には埃や細かい石が貼りついてくる。街に入ってライアンの店に向か

1——人間は通れるが家畜などが通れないような溝。

って歩き続けながら、お前はだんだん重苦しい気持ちになってくる。

15

　ライアンは客にサンダルを売っていた。ジョーンの姿は店のどこにも見えなかった。彼はお前の姿を見て微笑んだ。忙しくて申し訳ありません、あと少しで終わります、ちょっと待って頂ければありがたいのですが、と卑屈な表情をした目でそう語っていたが、目が語る以上に、微笑からこぼれて見える歯の形がそういう気持ちをもっとよく表しているようだった。

　なんとか客とのやりとりは終わったようだ。彼は茶色い紙を手早く箱にかぶせ、糸で縛った。お愛想笑いをしながら、ごきげんようと言って、その女性客が出て行くのを戸口で見送った。

「いやあ、うれしい。あなたにお会いできるなんて、驚きですなあ」彼は微笑みながらお前に握手をして言う。「お待たせして申し訳ありませんでした。こんな暑くちゃ商売あがったりですよ。みんなお天道さまを楽しんでいるもんだから。かといって繁盛してないのをお客さんのせいばかりにもできませんが。ま、棚をじっと見ながらお客さんを待ってるだけですよ。でもね、雨がね、雨が降れば、事情は変わってきますよ」

「お邪魔してもよろしかったんですよね」お前は、主人の洪水のようなお喋りが止むと言った。

「もちろん結構ですとも。ジョーンにお会いになりに来られたんでしょ。本当に構いませんよ」

「マローン神父が外出されたので、ちょっとジョーンに会ってみようかなと思って」

「ええ、ええ。構いませんとも。あの子も喜びますよ。今台所にいます」

彼はカウンターの間を抜けて台所へ通じるドアを開け、お前を先に通す。ジョーンは流しで何かをごしごしこすっていた。彼女はびっくりして顔を上げた。

「お前にちょっとしたプレゼントだよ、ジョーン。お前の兄さんがお前を外に連れ出してくれるって。だから早く着替えておいで」

「もう少しで終わるんですけど」彼女は顔を赤らめた。

「それは構わない。あとでいいんだから。お天道さまが照っている間は、楽しまなきゃ」

彼女は、卑屈になって、礼のつもりか、あるいは弁解のつもりか、エプロンで手を拭きながら微笑んで、横向きになって階段に向かった。お前は彼女が歩いて行ったのを見てうれしく思った。それからそれまでの白痴のようなおざなりの喜びの笑いを消して、ライアンの方を向いた。彼は店の中に続くドアを開けて立ち、お前にタバコを差し出し、お前がそれを断ると、「悪い習慣には染まっていないんですな」と言って笑い、自分のタバコに火を点けた。

お前は大きな窓から見える庭に目を向けて、様子をうかがい始める。このあいだの晩に見た二人の娘が、ゆるく張ったネット越しに、テニスのボールを打ちあっていた。普通テニスをするときの格好ではなく、水着を着て、飾りの付いた白いサンダルを履いていた。建物の裏の壁に沿ったスモモの木陰に置かれたデッキチェアに、彼女たちの母親が坐っていた。膝の上に新聞を広げていたが、遠くからでは彼女が居眠りをしているのか、娘たちのでたらめなプレイを見ているのかは分からなかった。

「いやあ、二人ともぐうたらな娘でしてね」ライアンは窓越しに見ているお前の目の動きを追いながら言った。「あの娘《こ》たちにすっかりいかれちゃうような男が現れるんじゃないかな。自分たちじゃ結構しっかり考えているみたいですがね。あの子達はダンスが大好きで、いくら行っても足りないという感じでね。あれ、随分お静かですねえ。あなた、ダンスには行かないんですか」

「ええ。ぼくはダンスには行きません」と言いながら、すでに怒りがこみ上げ始めていた。

表面が白い、新しいテニスボールが空中に上がるのが見え、ラケットが振られた。打つ時に彼女たちの腕と腿がチラッと見え、アップルグリーンの水着を着た、まるで裸のように見える身体が、ピンと伸びた。お前はそのまま見ているのが恐ろしくなり、目を離さなくてはならない。

「そそられますか」ライアンは微笑むと、お前の怒りがまた湧き上がってくる。お前はライアンの顔を殴ってやりたいと思う。庭の娘たちの服を脱がせ、汚し、切り付けてやりたいと思う。デッキチェアにある新聞の下で開いている母親の腿を蹴りつけてやりたいと思う。しかしお前はジョーンが現れるのを、拳を握り締めながら待つことしかできない。出て行くときに彼は「楽しんでおいでなさい」と言ったが、それに対して、お前はやっとのことで丁寧な言葉を返すことができただけだ。

通りをいくらも行かないうちに、お前は激しい調子で言葉を投げつけた。「お前が台所で洗い物をしている間、奴らは庭で遊んでいたんだぞ。台所で、奴はぼくに、奴のくそったれ娘たちにそそられたか、なんて聞いたんだ。奴はぼくにあいつらが、彼女たちが魅力的かどうかって聞いたんだぜ」

「そう思うのは当たり前じゃない」彼女は落ち着かない調子で言った。それで沈黙が訪れ、お前は再び自分のあの行いのことを、頭に浮かべてしまう。

「お前は家よりもひどい、と言ったよね」

「ええ」彼女はぼんやり答えた。

「どんな風に」

「おかみさんはわたしがどんな風にしても、わたしを落ち着かない気持ちにさせるし、それよりわたしは彼が怖いの」

「どんな風に」

「最初の日に」と言ったあと、彼女は堰を切ったように話し始めた。「わたしが棚の上に靴の箱を置こうとしてスツールに上ったとき、あの人が両手をわたしの服の上に置いたの。でもそれはほんの始まりだったわ。風呂場に連れて行かれたときには恐ろしかった。いつでも怖がっているの。そのうちにお兄さんに何か仕返しみたいなことを言ってくるわ」彼女は激しく泣き出した。

「駄目だ、泣いちゃ駄目。通りで泣いては駄目だよ。もう少しで街の外だから、ジョーン、いいね」

あのことを思い出すのはもっとあとでもよかったのだろう。でも思い出してしまうと、気持ちが激してくる。やはりまだ思い出すべきではなかったのか。しかし、今お前の両手は奴らの喉を締め付けてやりたい気持ちで一杯になっている。奴らはスモモの木の下のデッキチェアに坐って、娘たちが水着だけの裸同然の姿でテニスをするのを眺めている。ライアンはなぜデッキチェアの上の細君にのしかかっていかないのか。そのために結婚したんじゃなかったのか。あるいは、なぜ甘やかされた娘たちの水着を引き裂いて、彼女たちの上にまたがったり、裸にして通りで鞭打ったりしないのだろう。奴をちょっとの間だけでも、浴室に連れて行ければ、そこで喉を締めつけてやるのだが。

街のはずれの石橋を渡り、片側に覗き窓の付いたドアがついた平屋建ての家の前を過ぎた。そうして努力して、調子をつけて歩いているうちに、段々気持ちが落ち着いてきた。彼女をあそこから救い出す以外のことは、これ以上何も話したくなかった。

「お金、どれくらい持ってるんだ、ジョーン」

「一ポンド二シリング。このサンダルと服を買ったし、十シリングのお給料からはそんなに貯金はできないわ」彼女は今着ている服とサンダルについて詫びるように言った。お前は彼女の格好には気づいていなかった。

「そんなことはいいんだ。ただいくら持ってるか聞きたかっただけだ。明日二人で家に帰るのには十分だな」

「明日家に帰るですって」

「ああ、ぼくたち二人で。お前だってもうあんな穴倉には住み続けられないだろう」

「でも、何て言われるかしら」

「お父さんにかい」

「ええ」

「何も言わないだろうさ。あそこで何があったかを話して、もうこれ以上住み込みは無理だって言うだけさ。父さんが何を言うかなんて、問題じゃないよ」

「お店には誰が話すの」

「お前がそうして欲しければ、ぼくが話す。お前が自分で言いたいならば、それでもいいし」

「いや、お兄さんが話して。わたし怖いの。うまくいくかしら」

「大丈夫だよ」

建物の姿が消え、そのちょっと先にある緑の草地は、人の姿も車の数も多くなく、休むのには良い場所だった。

「ジェラルド神父さまは、お兄さんが明日出て行くことをご存知なの」

「いや。戻ったら言うつもりだ」

「一週間以上泊まっているのだと思ってたわ」

「もうやめたんだ。明日帰る」

「お兄さんは神父さんになるんじゃなかったの」

「分からないけど、そうはならないと思う。でも、どうしてぼくが神父になるんじゃないかって思ったんだい」

「いつももの静かで、何かそんな感じだったから」それを聞くとまた気持ちが激してくる。お前は自分のことをそんなに静かな人間だとは思っていない。

お前は自分のことをそんなに多くは知らない。今自分の目の前に鏡がある。彼女の心の鏡に映っている自分の別の姿を探ってみたい誘惑にかられるが、そんなことをしても仕方がない。彼女にはお前と同じように彼女の人生があるのだ。どんな人生も大事なことと、そうでないもので溢れかえっている。そしてそれらは他人にとっては、単に鏡に映る姿でしかないのだ。

お前たちはゆっくりと、行く時に通った平屋の建物の前を過ぎ、店に戻った。ライアンは店のカウンターの後ろにいた。

「やあお戻りですね」彼は歓迎した。「家内は中にいます。あなたにお茶をお出しするつもりでいますよ。とにかく中にお入りなさい」

彼女は中のテーブルで茶の用意をしていた。

「あなたがいらっしゃったって言うのをあとで聞いて、何ですぐ教えてくれなかったのって、わたし腹を立てましたのよ。娘たちも、そりゃあなたがここにいらっしゃるのを楽しみにしてますの」彼女はそう言って歓待した。

「申し訳ありませんが、ぼくはお茶の時間には戻ると言ってきましたし、マローン神父様がぼくを待っていると思いますので。本当にお心遣いはありがたいのですが」

「それは残念ですわ……」彼女は話し始めた。

「ただ、明日ジョーンはぼくと一緒に家に帰る、ということを伝えたかっただけなんです」お前はとても緊張して、なかなか切りだすことが出来なかったが、風呂場のことを思い出して言った。

彼女の目は夫の目を探していたが、夫の目は彼女に、この事態を自分でうまく片付けろ、彼女がこの家では主導権を握っているのだから、という意味のことを伝えただけだった。

「それは驚きですわ」

「すみません」

「普通はそういうことは、もっと前に知らせるものではないのかしら」

「申し訳ありません。でも彼女は明日ぼくと一緒に行かなくてはいけないのです」

「あなたは随分すまながっているようだけど、あの子にはあの子の考えがあるんじゃないかしら」

「今ぼくが話したのと同じです」お前は自分を抑えていた気持ちが緩んで、このままだと攻撃を始めてしまうような気がして、ぐっと我慢をする。「申し訳ありません。ぼくはもう行かなくては。明日、バスが出る前にまた来ますので、準備をしておいてください」

彼女は返事をしようともせず、黙って立っていた。その女性は怒りを抑えてはいたが、だんだん激しくなっていくようだった。お前は帰るときにさよならを言ったのか、あるいは謝ったのかも覚えていない。自分を抑えていた気持ちが爆発しないように、早く出て行こうとばかり思っていたのだ。

お前は来た道を、煮えたぎる怒りと、失意で胸を一杯にして戻った。人は一人で進んでいくことはできない。人間には他の人間が必要だ。しかし他人との間には小さな争いごとも出てくるのだ。それも簡単に処理できるものばかりではない。外で、あるいは部屋の中に一人でじっとして、世の中の事が、それがどんなものであっても、やって来るのをそのままやり過ごした方がいいのだろうか。なぜライアンたちはお前がジョーンが明日出ていくと話しているときに、黙ってそれを聞いていられなかったのか。何で敵意をむき出しにしたのか。それにお前も、なぜ彼らに同じ敵意を向けなかったのか。あの意気地なしのけだものが彼女と二人だけで風呂場でいたことを想像すると、お前は何も考えられなくなる。

先ほどの口論と、彼女の言葉を考えると、先に進んで行こうという意志の力がくじけそうになってしまう。怒りと屈辱と絶望感だけしか残っていない今の気持ちは、例の実りのないお前の父親との葛藤と、結局のところは同じものなのだ。もうすぐだ、と思うが、身体は熱っぽく、くたくたになってしまった。頭の上の太陽は西に傾いていた。靴が道の上を進み、神父の家を出てからたくさんの埃のせいで、靴の輝きが失せてしまったのを眺めながら、もっと早く歩こうとした。

16

　サボテンのそばに車があった。司祭は部屋の黒い革張りのアームチェアに新聞を持って坐っていた。彼は顔を上げようとしなかった。彼はできるだけ大きな音をさせて新聞のページをめくった。彼はいらだっていた。どうすれば良い。お前は一日分としては十分過ぎる論争をしてきて混乱していたので、彼のいらだちから逃れることができればと思った。

「もう食事はすませたのかね」彼は新聞を読みながら、ついに聞いてきた。お前はそのときまで部屋にいる彼の近くまでは行っておらず、五分間もドアのそばに馬鹿みたいにずっと立っていたのだ。

「いいえ、神父さま」

「それじゃ今食べた方がいい。君を待っていたのだ」

　彼は立ち上がり、新聞をたたんで椅子の上に放り、ホールへ行き、銅鑼を鳴らした。お前は彼の後をついて食堂に置かれたテーブルまで行く。すぐにジョンがスープを持ってやってきた。

「わたしは今日君は家にいるつもりだと理解していたのだが」彼はスープに塩と胡椒を振りかけなが

ら不平をあらわにした。

「ええ、でもジョーンに会いたくなったんです。そんな大事になるとは思っていませんでした」

「君はあの子の仕事の邪魔をしたんじゃないだろうね。君は暇でも、彼女はそうじゃないからね。わたしたち二人で会いに行くまで待てなかったのかね」

彼は夕べと同じ圧力をかけてきた。決定権を握っているのは彼なのだ。いや、でもそうだろうか。今晩は、それほど簡単にはいかないぞ。お前は答えない。

「それに街で何をしたのかね」彼はそう聞かなければならなかった。

「ライアンさんが彼女に暇をくれました。ぼくたちは街を散歩しました」

今晩は夕べのように、彼の思う通りにはならないだろう。

「彼女は明日ぼくと家に帰ります」

「彼女は明日君と家に帰るって」彼は顔を上げ、少し困惑した様子で、皮肉を込めて一語一語を強調して言った。

「あの子はあそこで幸せじゃないんです。明日ぼくと一緒に帰りたがっています」

「そんな話は全く初めて聞くな。どういう具合に幸せじゃないんだね」

「彼女にいやがらせをするんです」

「誰が」

「ライアンさんが」

「どんな風にいやがらせするのかね」

「性的にです」

「その証拠があるのかね」

「いいえ。でも彼女がそう言うんです。彼女には嘘をつこうなんて気持ちはありません」

「どんな風に彼女に嫌がらせをしたというのかね」

「一度風呂場で襲いかかったそうです。他にもいろいろ」

「どうして今まで表に出なかったのだろう」

「彼女は怯《おび》えていたんです。話すのが怖かったんです」

「君はそのことをライアンさんに言ったのかね」

「いいえ。ぼくは彼女が明日ぼくと一緒に家に帰ると言っただけです。理由は言ってません」

「少なくともそれだけが救いだな」

ジョンがメインコースを持って入ってきた。彼は空になったスープ皿を片付けた。神父が皿から食べ物を取り分けている間、皆黙っていた。

「明日家に帰るって決めたのかね」

「はい、神父さま」

「それじゃおそらく君は将来のことについて心を決めたのだね」

お前はまだ心を決めることなどできていなかったが、決めた振りをした方が楽だ。

「ぼくは司祭になれるとは思えないんです、神父さま」

また少しの沈黙。皿に当たるナイフやフォークの鋭い音と、墓地で鳴いているツグミか何かの歌声が開いた窓の向こうから聞こえてくるだけだ。

「どうなるにせよ、神さまが君の人生を祝福されますように、としかわたしには言えないな」彼は言った。お前はそれに答えるような言葉を用意していなかった。彼は非常にゆっくりと話を続けた。

「今日になってみると、夕べは君に対して強く当たりすぎたのではないかと思えてね。世の中に聖職者なんてそれほど必要とされているわけじゃない。でも悪い聖職者でも、全くいないよりはましなんだ。君は聖職者として自分の魂を救うことができないかもしれない。聖職者になれば、普通の人の当たり前の生活で感じるよりもはるかに強いストレスも感じるだろうし、責任感も大きいし、誘惑も多いだろうしね。人より高いところに立っていなくてはならないのだ。それに、そういう場所は人間にとって決して安全ではないからね。落ちるかもしれないし、自分の健康や、車や、妻や子供のことで心を悩ますこともあるかもしれない。ブルジョワという言葉を聞いたことがあるかね」

「はい、神父さま、あります」

「元々はフランス語なんだが、アイルランドに住むわれわれのほとんどが、おかしなことに、じきにそのブルジョワになるよ。救貧院も無くなるだろうし、君の父上が君を育て上げてきたような生活だってあと二十年も続くかどうか。ブルジョワに仕える司祭というのは、神の言葉を伝える存在というよりは、教会を作る人間になってしまうのだ。より大きくて、より快適な教会や学校をね。神の言葉が世の中に影響を与えるよりも、世の中が神の言葉に影響を与える力のほうが大きくなるんだ。良い聖職者というのは委員会と『真理と正義』の間に渡してある危険な板の上を歩かなくてはいけないのだ。わたしはしょっちゅう分からなくなるのだ。どっちに行ったらよいのか」

　彼は空しくなってきたのか、あるいは絶望したのか、話を一旦やめた。

「一度誓いを立てたら、そのあとにはもうどんな悩みもない、という考えがあってね。人々は結婚に関して同じような甘い幻想を持っているのだ。式の朝に祭壇の前で何か言えば、ずっと幸せな結婚生活が続くと思っているが、本当はそれからが大変なんだ。司祭というのはそういうことを、全く一人で処理しなくてはいけない。自分と神さまとだけで。喧嘩して、そのあとで仲直り、といった劇のようなことはないのだ。毎日毎日、それは楽ではない」

彼の言葉は、今までお前に語ったどの言葉とも違っていたので、お前はその全てを理解したわけではなかったが、その日の気分が魔法のように変えられてしまった。彼の言葉は、これから苦労をしたり犠牲を払ったりしてもよいと思わせるような招き声に聞こえた。

「もっと確信が持てるようになったら、何年かあとに聖職者になろうと考えるかもしれません」とお前はそういう風に言わされてしまう。

「それはどうだろう」彼はそう言って、一旦言葉を切った。「年をとってからその道に入るのはどうかと思う。人生はとても短いのだ。さんざん世間に出てぼろぼろになってから、自分を捧げるなんて、あまり良いこととは思えないね。君はどんなところでもうまくやっていくことができると思うが、そのどこよりも重要な存在になれる場所があるんだ。ある人がある生き方を選んだら、一生懸命にそれをやり遂げなくてはいけない。変えようなんて問題外だ。しっかり自分の手でそれにしがみついていなくてはいけないんだ。

外を歩いてみないかね。街に行って疲れているかもしれないが。夜もいいもんだ」司祭の声は落ちつかなげで、興奮していた。

「いいえ、疲れていません。歩きたいです、神父さま」

夜の冷気はそれほどでなく、心地よく、暖かかった。小さな羽虫が群れ始めていた。

サボテンのそばに置いてある車のところから、教会のドアの前でぶら下がっている鐘を鳴らすロープのところまで月桂樹の間を歩くとき、靴が砂利道を踏んでざくざくという音を立てた。日の光が消えて行き、もやの中に蒼白い月がかかっていた。砂利道の上を、二人の靴は行ったり来たりした。

「何が起こっても混乱してはいけない。そんな誘惑にかられるかもしれない。でもそうなったら、君の信仰心は弱まってしまう。疑いというのは癌のように大きく育っていくからね。君は君よりも世の中で良い思いをしている人々によって非難されるかもしれない。しかし気にすることはない。君の人生は神の大いなる神秘であり、また君の心の状態は変わることはないのだ、ということを忘れなければいい。そして祈るのだ。単なる言葉の繰り返しではないよ。祈りは自分の心を神さまの方に向ける、簡単な沈黙の行動なのだ。神の息子が棕櫚の聖日[1]からカルヴァリを通って復活されたという神秘に関する瞑想なのだ」

「はい、神父さま」お前はいつどのようにかは覚えていないが、前にもそんな風に答えたことがあったように感じながら答える。

「わたしは自分で納得できていなかったのに、人々の前で復活に関して書かれた『ペトロの手紙』[2]を読んだことがあったのを覚えているよ。人々は助任司祭として大変な人間を迎えたと思っただろうね。誰にも良いことは何もなかったな。なにしろわたしはみんなの前で復活を否定したのだからね。自分に対してもそうだが人々に混乱を与えただけだった」

　お前は今までこんな話を聞いたことはなかった。全てがますますわからなくなってきた。

「ありがとうございます、神父さま」お前は機械的に言った。

「何がだね」彼は鋭く反応した。

「ぼくに話して下さって」お前は深みにはまってしまい、口ごもる。

「いや、わたしに感謝することはない。誰かがわたしに同じことを話してくれたことがあるのだ。誰であるかはどうでもよいのだが。その人はもう亡くなっている。しかしわたしは決して忘れていない。意味のあることだからね。それを今君に話したのだ。借りは何らかの方法で返さなくてはいけないからね。本当にそれは神秘なんだ。

わたしが神父であり、物を知っているからといって、わたしを聖人であると思ってはいけないよ。そんなことを言われたら、人々の前で断固として否定するよ。自分に対しても否定するよ。今だからこんなことを言ってるんじゃない、いつだってだ。もっと愚かで、つまらない人間でさえも、神の神秘を何回も意識しているに違いないね。そう思える理由があるんだ。特にクリスマスの食事とワインのあとや、結婚式のあとなどにね。苦しまずに死ぬことが問題なのではない。わたくしたちはみんな死後も永遠に楽しく過ごしたいと思っているのだ。その保証が大事なんだ。みんなが求めているのはその保証なんだよ」

彼の話の内容が重要なのではなかった。ただ彼の話がお前の心の中の、自分でも理解できない深い部分を揺り動かしたのだ。彼はまるで人が変わったようだった。夕べお前に腹の傷跡を見せたときの、あの腕と声を持った人間と、そして食事のときにお前がジョーンに会いに家を空けたことを怒っていたあの人間と、同じ人間なのだろうか。確かに同じ人に違いないのだが、どこか違うようでもある。彼の中にある何かが割れて、そこから完全な寛大さが流れ出したに違いない。

1―キリストが受難の前にエルサレムに入った記念日。復活祭直前の日曜日。
2―新約聖書『ペトロの手紙　二』は、主の再臨について述べられている。

「一つお願いがあるのだが」

「何でしょう、神父さま」

「祈りのときわたしのことを忘れずにいて欲しい。わたしが君のことをそうしているように」

「そうします、神父さま」

「わたしのタバコの煙にも羽虫が逃げて行かないということは、雨が来るということだ」彼は気分を変えたがっていた。

「うちの父もそう言ってます」

「人が心の中にあることをすっかり話してしまっても、落ち着かない気持ちになるというのは不思議なことだ」彼の言葉の調子が早くなった。「何もかも話してしまう。それでもちっとも真実には触れていないような気がするだろう。もしかしたら、全てが真実に触れているのかもしれないけれどね」

彼は気分を変えて軽く笑った。

「わたしは君を不安にさせるつもりで話したのではないよ。自分が不安に思っていただけなのだ。普段は決してこんなではないのだが。よく分からぬが、何かがわたしに入り込んできたのだな」彼の手がお前を安心させようとお前の肩に軽く置かれる。

露で湿った感じの夏の夜だった。蒼白い月には雨を示す隈がかかっていた。砂利道の上には影が軽やかに伸びていた。黄昏の気配が、あたりの草や、墓地の周りの繁み、月に照らされて光っている月桂樹に訪れていた。サボテンの気孔は夜の涼しさと湿り気を求めて開いているに違いない。

「中に入った方がいいだろう。ジョンが何か用意してくれているかもしれない」

部屋のテーブルの上にはビスケットと冷たいミルクの入ったグラスが置かれていた。たくさんの柱時計が鳴った。神父は自分はやらなければいけない仕事があるが、君は起きていてもいいし、寝てもよいと言った。疲れていたし、何もやることがなかったので、お前はベッドに向かう。お前はすぐに眠りに落ちてしまう。

お前が目を覚ましたのは遅く、下の時計はみな十時過ぎを示していた。

ジェラルド神父はすでにミサを終えていた。ジョンが助手を勤めたのだ。

「八時に覗いてみたが、君はよく寝ていたよ。起こしたくはなかったのでね。今日も長い旅をしなくてはいけないからね」彼は言った。

今日家に戻るということは、実際驚くべきことだった。ジョーンを連れて帰り、夜になる前にお前は父親に対面しなくてはいけないのだ。だから、神父とジョンのいるこの家には、お前はもはや長居はできない。お前は、休みが終わるまでここにいたい、とジェラルド神父に告げたい気持ちになる。お前は彼に、自分は今神父になる途中なんです、と告げたい気持ちになる。毎年長い夏休みにはメイヌースの大学からここにやってくるのではなかったか。しかし状況は変わってしまい、その夢は壊れた。壊れてしまうと、その魅力は失われ、お前の夢も彷徨い始めてしまった。お前はコーンフレークにミルクをかけて、食べようとすると、心の痛みを感じるのだった。

窓は、外で降り続く霧雨のせいで曇っていた。朝食のあと、お前は神父と一緒に坐って新聞を読み、雨に濡れて光っている月桂樹や、濡れて明るい色になった砂利道や、教会の濡れた屋根などを眺めた。

彼はお前を街まで車で送ってくれた。ライアンの店の入り口にそれほど遠くない場所で降ろしてくれた。

「これからは君一人でやるんだ」彼は言った。「こんな風にジョーンを連れ出すんだから、嫌なことがあるかもしれないし、わたしはごたごたには巻き込まれない方がいい。まだこの教区で仕事をしなくてはいけないからね。わたしはあの人たちの神父だし」

「大丈夫です、神父さま。ぼく一人で大丈夫です。ここまで送っていただいて感謝しています。ありがとうございました、神父さま」

「さようなら。神さまが君をお守りくださいますように」

お前は濡れた道にタイヤの音を立てて車が遠ざかっていくのを眺めた。ライアンの店を見るだけでむかむかしてくる。こんな努力が何の役に立つのだろう。お前はこんな事をやりたくないような気分になってくる。

「彼女にぼくがここに来ていると、言ってきていただけませんか」お前はそうライアンに言う。お前は店の入り口のところに立っている。彼は中に入って行く。

荷物を持って姿を現したとき、ジョーンは泣いていた。お前は彼女の荷物を持って、何も言わずに雨が降る外に出て行く。

「何で泣いているんだ、ジョーン」

「出て行くと言ったあと、あの人たち、ものすごくひどかったのよ」

「お前に何かしたのか」

「いいえ。お兄さんが帰ってから、わたしに一言も口をきかなかったの。あの人たちだけであれこれわたしのことを言ってたんだと思う。今だって握手一つしてくれなかった」

「そんなことはどうでもいいよ。もう終わったんだ。家に帰るんだから。あんな奴らには悪口を言う値打もないさ。もう奴らのことは何も考えなくていい。忘れるんだ。二度と顔を会わせる必要もないんだから」

お前たちがバスが来るのを待っている間、待合所の屋根からは雨の雫が垂れていた。

バスの中で切符を買うと、彼女は口を開いた。「何て言われると思う」

「何も言わないよ。こちらは起こったことを話すだけだ。お前はもうあそこに住み込み続けられなくなったんだって。それだけのことさ」

「これからわたしどうすればいい。次はどこに行くの」

彼女はお前についても同じ質問をしたかったのかもしれない。お前は初めて彼女の顔をじっと見つめた。

「分からない。しばらくは家にいるんだね」

「そんなことをしたらひどいことになるわ」

「それじゃ、イギリスに行くんだな」

「わたしイギリスに行かなくてはいけないかしら。全く知らないところに行くのって恐ろしいだろうな」彼女は目でその恐ろしさや絶望感をやわらげてくれるお前の言葉を求めていた。彼女はバスに乗り降りする人々や、バスの曇った窓を雨粒が滑り落ちるのを無表情に眺めていた。

「ぼくたちはみんなすぐにイギリスに行くことになるかもしれないな」

「お兄さんも」

「ぼくもだ」お前は惨めな気持ちで微笑む。

「すぐに行ってしまうの」

「いや。そんなに早くはないけれど、六月といったらそれほど先じゃない。試験が終わってからだから」

「でもお兄さんは、ここでいい仕事に就くことができるでしょ」

「そう多くの仕事があるわけじゃないよ」

「でも就けるチャンスもあるじゃないの」

「ジョーン、そんなのは問題じゃないんだ。どこに違いなんかあるんだ。どんなことをやろうと、違いはないんだ。ぼくたちは、いつだって家の中でも、外でも、とにかく何か仕事をしていなくちゃいけないし、どっちにしたって、どうせ大したことはないんだよ」

　彼女の質問と、彼女の恐れにいらいらしてしまい、そんなことを言ってしまった。お前は彼女がお前の激しさを相手にしないでいるのが分かった。彼女はお前の激しさなんか欲しくなかったのだ。お前はこうした弱くて単純な人物に対してか、あるいは自分自身の考えに対してだけこうして激しくなれるのだ。二日前の神父に対しては、それができなかったくせに。

「さあ、もうすぐ家だ」お前はお前の手をさっと彼女の手のひらに置く。「もうすぐぼくたちの大好きなお父さんに会えるぞ。嬉しいだろう」

「ええ」彼女は微笑みを浮かべる。

「お前ら家に戻ってきたというわけか。余計者の腹を満たすための食い物がどこから来るというんだ。ああ、なんてこと、なんてこと。何でわしはこんな苦労をしなくちゃいけないんだ。みんなが行き着く先は救貧院、救貧院だよ。わしがそう言っているのにお前らは聞きもしないんだ」

「ああ、こんなお荷物を抱えて、わしはどうすればいいってんだ」彼女はおずおずと、しかし笑いながら、お前の冗談を引き継いで口真似をした。

「家に帰ったって馬鹿な父つぁんしかいないのに、おめえたちどうするつもりだ。こんな阿呆な奴らは見たことがねえよ」

「救貧院、救貧院、救貧院」娘は突然、本当に楽しそうに身体を揺すって笑いながら、父親の口真似を始めた。そして彼女が笑いやめると、お前がその笑いを引き継いだ。

17

二人が裏口からノックもせずに、気をつけてゆっくりドアを開けて台所に入ったときに、驚いたような奇妙な沈黙が一瞬訪れた。テーブルの上には夕食の支度がしてあった。二人は少しビクビクしながら戸口で受け入れられるのを待った。

「ジョーン、お帰り」マホニーは驚きのあまり、動きがのろのろしていた。彼が立ち上がり、彼女の両手を取ると、彼女は彼にキスをした。「よく帰ってきたな」

「ジョーンだ、ジョーンだ、ジョーンが帰ってきた」と叫びながら、顔中を喜びで一杯にさせた小さい子供たちの一群が姿を現した。しかし父親の姿を見ると、すぐに静まった。みんな恥ずかしそうに彼女の周りに集まった。子供たちは彼女の存在に惹きつけられていた。こんなに長い間家をあけていた者は今までこの家には誰もいなかったし、クリームキャラメル半ポンドというお土産《みやげ》もあったのだ。

「これから飯という、ちょうどいい時間に戻ってきたな」父親は笑い、すぐにみんなは席に着いた。ざらざらした黄金色の挽《ひ》き割りトウモロコシの粥で、口の中で細かい粒々が溶け、繊細で食欲をそそる香りがクリームに混ざり合っていた。そのあとはバターを塗ったソーダブレッドが添えられたジャガイモとお茶だった。

「挽き割りトウモロコシの粥は久しぶりだろう」彼はそう言って、うれしそうに微笑んだ。台所はオーブンの中で焼かれているリンゴの香りで一杯になった。くりぬいた芯の中に、たっぷり詰められた砂糖が溶け、緑色の皮がバターで黄色く変わっていった。そのあとの長い夜、トランプをしながら、みんなで焼きリンゴを食べた。まだ外は明るかったが、父は畑へはもう出ずに、トランプと焼きリンゴを楽しんだ。

「リンゴを食べたんで、夜に腹が痛くなるかも知れんぞ。知ってるか、わしは今では教受《パーフェッサー》みたいになんでも知っておる」彼は教授《プロフェッサー》というのを間違えて言い、笑った。そして軽快にカードをさばいた。

耳に鉛筆を挟み、得点を書き込む紙を、肘でテーブルに押さえていた。

「静かに。ほらやっつけろ」などと彼は切り札が現れるたびに叫んだ。「何であれ、いい手は隠しておかねば」

「ほら、ラッキーカードだ」ちょっとした策略がうまくいく、と彼はうれしそうに声を上げた。

明かりが点されたのは随分遅くなってからだった。楽しさにまぎれて、暗くなっていたのに気がつかなかったのだ。彼がジョーンや子供たちにキスをすると、彼女たちは微笑みながら寝室へ行った。

「ジョーン、ここはお前の家なんだから、今晩は安心だぞ」彼はそう言ってジョーンにキスをした。

彼女たちが自分たちの部屋に行き、マホニーがペイシェンスのためにカードを配りだしたとき、その夜の雰囲気が居心地が悪く、扱いにくいものに変化した。

「ジョーンが帰ったのだな」彼は感慨深げに言った。

「そうです」

「お前もジェラルド神父のところにもっと長くいるんじゃなかったのか」彼はテーブルの緑色の柔らかいフェルトに広げられたカードの上にかがみこんだまま、顔を上げずに言った。

「ええ。でも意味がなかったんです」

「うまくいかなかったってことか」

「うまくいったという訳じゃありませんでした」

「ジョーンが帰ってきたのは休暇じゃないんだな」

「ええ」

「何かあったのか」彼の声は低く、何かを探るようだった。彼の手は、テーブルの上のカードの角をわざと飛ばすように動いていた。沈黙が続き、緊張感が強くなってきた。ランプの火屋《ほや》の周りで蛾が羽を動かしていた。

「彼女は怖がっていたんです。ライアンが彼女に嫌がらせをしていたんです。彼女はあそこにはいられません。家に帰らせたのはぼくです」

「どんな風に嫌がらせされたんだ」彼は初めてトランプの動きを止めた。カードから目を逸らせて、何かを探すような目つきをした。

「女として、性的に」

「奴は何か危害を加えたのか」

「いいえ、それはないと思います」

彼は娘に起きたことが告発に値するもののように感じ、表情が敵愾心で曇った。

「あれはこれからどうするつもりだ」

「分かりません」

「ここで、椅子に坐って尻を暖めるだけか」

「いいえ」

「ここに食わせるものが十分にあると思うのか。こんな大勢に、誰が何をやれるっていうんだ」

「あの子はイギリスに行くかもしれません」

その言葉を聞くとマホニーは黙った。ゆっくりと、彼はカードをひとまとめにした。

「通りで商売《売春》でもしようっていうのか」

「看護婦になる勉強だってできますよ」

「イギリスは腐っているし、汚くて悪いものだらけだろう。あそこじゃ女の子は安全じゃない」

「あの子が今までいたところでだって安全じゃなかったんですよ。あそこはイギリスじゃないですよ」この言葉のせいで、やりきれない気持ちになって、その夜は終わった。マホニーは靴の紐を解いて、ランプを消した。

「寝る時間だ」そう言って、向きを変えると、彼は自信なさそうに聞いた。「お前はどうなんだ。お前と神父はどうだったんだ」

「ぼくは神父になろうとは思っていないんです」もはやマホニーも黙って静かになり、暗闇は憂鬱な気分で満たされていた。そんな中で、その言葉を聞くと、我ながら奇妙な感じがした。自分で言った言葉を、最終の決定であると信じるのは難しかった。

父は何か言いかけたが、黙った。ゴキブリが大胆に穴から出てきて、赤黒い背中を光らせて、暗闇の中で足を動かして壁中を這い回っている気配が感じられた。マホニーが動くと、紐が解かれた彼の靴の底で、一匹のゴキブリが踏み潰されて音を立てた。

「神がお前を導いてくれますように。さあ寝なさい。暗闇でいろいろ考えても仕方がない」

18

冬中お前は長い時間こつこつと勉強した。そして、試験期間中はどこの部屋ででも勉強をしたが、台所は、食事の支度や洗い物や床掃除の音、子供たちのつまらぬ口論や遊んでいる声などがいつもしていて、集中できる場所ではなかった。マホニーは槌で小枝を折って鋭い音を出したり、革砥をこする音を立てたりで、ナヴァール公アンリ[1]の道徳的性格などが、頭の中でまとまらなくなってしまう。勉強しようという意志が緩んでくる。本のページを見ても空《うつ》ろで、彼がフライパンを半田付けして、音を立てて半田が玉になって溶けていくときの塊を見ている方が気楽になれるほどだった。彼が遅くまで働いているのに、お前は本に向かって坐ってばかり、ということですぐに彼は怒り出すのだ。

「小枝を集めろ。朝までに終えなくてはいけない。働かなくちゃいけないんだ。本にかじりついてい

1―アンリ四世。一五五三―一六一〇。新教徒の首領としてユグノー戦争に活躍。後にナントの勅令を発布してフランスに宗教の自由を与えた。

るわけにはいかんぞ。働かなくちゃならん」
その言葉にお前はカチンときて、顔に血が上り、かなり努力してそれを抑えなくてはならなくなる。ゆっくりと本から目を離し、槌を振り下ろしている大きな手を眺める。半分苦笑いをしながら、また目を下げ、書いてあることにしっかり注意を払う。彼のことをある程度理解することはできるが、許すことはできない。この家は理屈が通るところじゃない。お前はただ黙って、できるだけ無関心を装っているだけだ。他のどこであっても、そうするのが正解なのだろう。ここでは物事はこんな風に進んで行くのだ。いつ野蛮な凶暴さが現れてくるかもしれないが、今日のところは大丈夫だろう。

マホニーが外出すると、子供たちはみんな遊びたがった。椅子を片付け、目隠しをした鬼が危険な場所を走り回り、残りが逃げ回るという、にぎやかな目隠し遊び[1]が始まった。どんなに我慢しても、怒りが沸きあがってきて、お前は彼らに怒鳴り声を上げるのだった。

「もっと静かにできないのか。そんな大騒ぎをされちゃ、勉強なんかできないじゃないか」

彼らは遊びをやめ、自分たちの場所へ行き、あるいは学校のカバンを持って、しゅんとしてしまう。お前はいまやマホニーに変わって、この家の独裁者になっている。しかし一度こういうことがあると再び集中するのが難しくなる。

「外で遊んでおいで」勉強は中断され、お前はそう言うと、本を閉じ、そのあとはもう落ち着いた時間など来ないのだった。そしてお前は、彼らがお前の様子をうかがっているのを眺める。そのうちに彼らは怒られたことを忘れ、明かりの中で再び動物のように熱心に我を忘れて遊び出すのだ。

お前は彼らののんびりした石蹴り遊びを見ずにはおれない。チョークで描かれた枠の中に石が入るかどうか、石が天辺にそのまま留まれるかどうか、そしてその間を飛んでいく足、それに点数が取れるチャンス。一緒に遊ばないかという誘いを断ることも不可能だ。枠の外に出ないでいられるかどうか、集中力と技術が必要だ。一旦始めてしまうと、一度ではすまなくなってしまう。やがてマホニーが帰ってくる気配がして、みんなあわてて石を拾い、手近にある濡れたブラシでチョークの線を消す。彼は小言を言う機会がない。

「わしが戻るとみんな急に静かになるんだな。とにかく静か過ぎる」しかし何があったのかを証明することが彼にはできない。彼は疑っているが、みなは知らん顔をしている。

大して勉強は進んでいない。数週間が無駄に過ぎて行ってしまった。

「父さんは静かにできないんだろうか。坐ってられないのだろうか。どうすればいいんだ。ぼくの頭はきっとおかしくなってしまう」十月の末のある夜、お前は呪いの言葉を吐く。台所は暑く、人は多く、マホニーはバケツの縁をハンマーで音を立てて叩き、本は空しくテーブルの上に置かれたまま。もう止めた方がいいだろう。努力しても無駄だ。ここで止めるか、あるいは静かな二階の寝室に行くかどちらかだ。火がないと凍え死んでしまいそうに寒いが、彼に火を頼んだりしたら、また厄介ごとが起きるのは明らかだ。しかしお前はそんなことを気にしていられないくらい追い詰められ、絶望していた。

「この台所じゃ勉強できない」

「どうしてだ。何か具合が悪いのか」彼はいつものように、すぐに疑い深く言った。

「うるさすぎるんだ。集中できない」

1―目隠しをした鬼が自分を押したり突いたりする仲間をすばやく捕まえて名前を言う遊び。

「自分がやっていることにだけ集中していれば、他の音など聞こえてこないんじゃないのか」

「いいえ。できないんです。うるさすぎて頭がおかしくなりそうだ」

「やれやれ、わしらはたった一人の人間のために、爪先立ちでも家の中を歩けないってことか。この家じゃ、やらねばならぬことがたくさんあってな。修理しなくちゃいけないものも、やらなくちゃいけない仕事もたくさんあって、片付けて止めるわけにはいかんのだ」

「片付ける必要なんかないよ。ただもう一つランプがあれば、二階のどこかの部屋で勉強できるんだ」

「今は夏じゃない」

「だから火を点ければ」

「ということは余分な火がいるということだな」

「ええ。でもほんの数時間だけ。お父さんの部屋でやります。壁の湿気も取れるだろうし。いつも家の中で一番寒い部屋だと言ってたじゃないですか」余計な出費になることをごまかす必要があった。

「そうだとも。死んじまうだろうよ、あんな部屋にいたら」

「それじゃ火を点けましょうよ。一石二鳥ですよ」

「それが大事と思うならそうすればいい。だが元も子もなくなるかもしれないって事を忘れるな」彼は同意した。「もしターフや薪がなくなっても、アリーニャまで石炭など買いには行けないからな」

毎晩部屋で火が燃やされ、火屋も磨かれて、ランプもついた。お前は暖炉とベッドの真鍮の鐘飾りの間のテーブルに坐り、読み書きした。静かな本の上をオイルランプが照らし、時計は針の音をさせ、部屋は火で暖かかった。下では大騒ぎが続いていたが、それは外で吹く冬の風のように、遠くの出来事だ。毎晩お前は山程の勉強をきちんとこなす予定を立てた。お前は完璧にやろうと決意したが、じっとテーブルに向かって坐っているというのも、なかなか落ち着くことではなかった。本をもてあそんだり、暖炉の火をかき回したり、またぼんやりと夢想したり、気を散らせたりするのだった。坐っているのが一種の苦痛になる。ひとたび勉強を始めれば、気になることはなかったし、外の世界のことなど何も考えずに没頭したが、ふと我にかえってしまうと、坐っていること自体最悪のことに思われた。

六月に良い結果が出るようにお前はがんばらなくてはならない。毎晩毎晩がんばるのだ。しかしたとえ六月にうまくいったとしても、お前は何をやりたいのだかが分かっていない。六月は自分が死ぬ日のように、遠くてかすかなものに思われた。恐らく大変な日々になるだろう。解放される唯一の方法が勉強だった。お前は人より下になることも、人と横並びになることも許されない。他の人間を抜いてトップに立たなくてはならない。そうすれば何であれ保障される。考えると喉に骨が引っかかるようだった。考えるよりも勉強した方が楽だ。死だけが大事なことで、それはすばやくやって来て、それから逃れることはできない。そんなことを大声で言う必要もない。生きているとたくさんの誘惑がある。あらゆる本能が目を覚ます。それに目をつぶって行くのか、あるいは従うのか。そのどちらに行くかは、勉強次第なのだ。試験に通ること、公式を覚えること。そしてその結果明らかになることなのだ。

ナポレオンがワーテルローの戦いで敗れた一、二、三、四つの理由。この文章を暗記すること。午前中にはいつも半ズボンを履いていた男、アディソンの、とらえどころのない文体[1]以外、お前は全て

1―アディソン（一六七二―一七一九）はイギリスの随筆家。スティールと共に『スペクテイター』を創刊。彼の文体は、平易であって卑俗に陥らず、品位があって華美にわたらない、とサミュエル・ジョンソンに評され、「アディソンの終止」といわれた独特の文章でも有名。

の散文の文体の特徴を覚えているのだから、これを覚えてアディソンの文体を聞かれたときに答えられるようにするのだ。鑑賞を聞かれるかもしれないので『ナイチンゲールに寄す』[1]の官能的な神秘主義と叙情性の称え方を忘れずに暗記すること。キーツの想像力がその時代の批評が言うように、いかに過剰な感覚で曇らされているかを記憶すること。どんどんどんどん、たくさんのガラクタを脳みそに詰め込み、試験で優秀な順位を取り、がんばってがんばって、のろまたちを追い抜くのだ。

お前は十時にはすっかり疲れ果て、全てのことに飽きてしまい、頭をほてらせて立ち上がる。ゆっくりと頭を休め、明日のために本を揃え、ランプを消して、ざらざらしたテーブルの表面を眺め、お茶を飲んで時間を過ごす。頭はすっかり消耗し、疲労と満足感で実質的なことはもうこれ以上考えられない。しっかり勉強してきた。これ以上のことはできないだろう。一種の満足感でなかなか眠ることもできない。

「下りてくる前に窓を開けたかい。部屋の中が悪い空気で匂わないように」

「開けました」口論さえも起こらない。

「今晩は何時間くらい上にいたんだ」

「四時間です」

「まあいいが、そのうち医者から請求書が来るんじゃないか。そのうちに医者だ、必ずな」

「校長先生はそれくらいはやるべきだと言っています」

「彼が何を気にしてくれる、え、何を。お前が病気になったって心配をしてくれるわけじゃない」

何と答えても仕方がないだろう。お前は今平静な気持ちでいる。彼には喋らせておこう。自分で話し止めるまでそうさせておこう。窒息するまで夢中で喋らせておこう。

「お前が学校に行っている間も、ここで尻を火のそばに置いて勉強している間も、いろいろなことをみんなやっているのはわしだぞ。この調子だとターフが夏まで持つかどうか、それが問題だ。家にアリーニャに行って石炭を買う余裕があると思うのか」

「それほど多くは燃やさないよ。ぼくがお返しをしますから」争いは避けようと決めていたが、その気持ちは長くは続かない。

「お前がわしに返すだって。そういう目にあってみたいもんだよ。どこからそんな金が来るっていうんだ。もうじき十九にもなろうっていうのに、今まで一銭も稼いだことのない奴が」

「あと数ヶ月で終わりますよ」

「ああわしたちみんな、数ヶ月で終わっちまうだろうよ。救貧院かどこかでな。終わったら何をするつもりなんだ。大学に行ってる他の連中みたいに、ポケットに手を突っ込んでそこらを歩き回るってか」

「ぼくは仕事をします」

「お前は仕事になんか就けないだろうさ。それは確かだよ。コネがある奴だけが仕事に就けるんだ」

「コネがなくっても、優秀な人間ならば仕事に就ける」

「となると、優秀じゃない人間がうようよしているようだな。もちろんお前は飛び抜けた人物になるだろうさ」

「ぼくはイギリスに行って、そこから金を送ることだってできる」

1―ジョン・キーツ（一七九五―一八二一）作。

「誰だってイギリスには行けるだろうよ。イギリスに行くのなら、学校なんかで何年も無駄に過ごすことはない。ポケットに五ポンドありゃ、イギリスまで船でちゃんと行ける。それだけだよ、必要なのは。何でわしにお前の金が必要なんだ。わしはお前なんか影も形もなかった頃からうまくやってきたし、お前がいなくなったってうまくやっていけるだろうさ。誰がお前の金なんか欲しがるものか」

荒々しい気持ちになって、彼の喉と、話し続ける顔をじっと見つめる。彼を殴りつけたい気持ちがだんだん強くなる。あまりにも嫌悪感が大きくてお前は力が湧いてきて、彼を倒すことだってできるかもしれないというような気になる。目の前にあるのは単なる歯の入れ物じゃないか。

「黙ってられないの。あと数ヶ月ぼくを一人にしておいてくれることもできないの」お前は彼の顔に向かって大声で叫ぶ。お前の攻撃を暴力で制することができずに、マホニーは後ろに下がった。「おい、おい、自分の顔を見てみろ。狂った目をしてるぞ。しまいには精神病院行きだな。お前の勉強なんてそれくらいの役にしかたたんのさ」彼は力を盛り返し、こうからかった。「誰もお前には何もしてくれんよ。いつものように、できもしないことを言ってるだけなんだ。家の中で爆発すれば、それだけ平和になれるってか」

「わかりました。ちょっと、ちょっとだけ一人にさせてくれませんか」お前は叫び、彼が何か言う前に急いで外に飛び出して行く。お前がドアを閉めると、彼が家の中の誰かに向かって突然怒りをぶちまけ始める声が聞こえた。

お前は泣いていた。学校には他に誰もこんなことを我慢している者はいないだろう。みんな援助してもらい励まされて勉強をしていて、こんなごたごたに巻き込まれもせず、あんな狂人に叫び声を上げられたり、罵声を浴びせられたり、槌音を立てられたりなどしていないだろう。なぜお前には、ほんのわずかの希望も与えられないんだ。

お前の足はルバーブの植えてある苗床を過ぎ、ジェイズ・フルイドの臭いのする、一つだけ空気穴の開いている外便所に向かって行ったが、そこで立ち止まった。お前は中に入って、悔やんだり呪ったりしながら何とか自分を抑えようという気になれなかった。

過ぎたことはどうでもよい。これから進んで行かなくてはならない。それだけだ。直面していかなくてはいけないのだ。そのようにお前の人生は過ぎて行くのだし、それがお前の生き方なんだ。悲しみや自己憐憫に浸っている暇はない。お前の人生はいつも次の瞬間に向けて動いている。きちんとした身なりをし、丁寧にお辞儀をし、微笑んでやり過ごせば一番いいのだが、言うは易し、だ。

寒い夜だった。遥かオークポートの彼方、リムキルンの森の上に、三分の一ほど欠けた月の上を覆っていく雲を眺めていた。

19

次の晩お前は歯を食いしばり、くたくたに疲れ切ってしまうまでずっと勉強した。中断したのはお前の意思でではなく、外から邪魔が入ったときだけだった。お前はスタンプ氏のロシアの黒色土帯の報告を、下線を引いたり、ちょっと前に戻ったりしながら、無理矢理詰め込んだ。それが終わると本を閉じ、一種痛快な気分で夜になるまでベッドに横になり、その報告の要点をつぶやくのだった。ウェルギリウスの詩を読むときにはほっとした微笑がもれた。六月までは毎晩、なかなか時間が進んでいかない苦労の多い夜が続くのだ。こんなに張りつめた時間を過ごすことは、これ以後もうないだろうというくらいの激しさだった。こうして努力をしたあと、くたくたになって、十時に下の部屋に下りて行くときには、本当に満足感で一杯だ。それはグラウンドや通りでサッカーをしたあとの、身体が揺れるような満足感、いや、それ以上のもので、自分の気持ちをふりしぼって極限にまで高めたのだという満足感で、神経が高ぶり、それが震えになって現れた。

しかし、しばしば凶暴な気持ちにも襲われた。イライラがつのってテーブルの上の本にあたりちらし、手が痛くなるまでぐしゃぐしゃにしてしまうと、今度はその音が下に聞こえはしないかとびくびくする。また、ランプを壊してしまいたくなることもあるが、そんなことをすれば、そのあとは服を脱いで寝るだけになってしまう。床の上の新聞紙を拾い上げ、ニットを着た女性の写真をそばに寄せ、お前の肉をベッドの端に押し付ける。黄色いベッドカバーの上の黒い髪と唇。柔らかい白い胸。桃色の乳首。そしてそのもっと下。お前が裸の身体をベッドの上で動かすと、黄色いベッドカバーの上の彼女の唇が開いたり閉じたりする。歯の間から下品に舌を出し、一瞬の痙攣のあと、お前の熱いものがさっと飛び出し、置かれた新聞紙の上に流れて行く。激しい息遣いと汗のせいで、すぐには服をきちんと直せない。新聞紙を丸めて、暖炉に入れて燃やすと、真ん中の濡れた部分が音を立てる。お前は黙って、ふさぎこんでしまう。身体が灰のような燃えかすになってしまった。テーブルの上の本に戻ってみるが、新聞紙の真ん中で音を立てて燃えているあの精子全部でどれ程の女性を妊娠させることができるのだろう、またその中でどれくらいの卵子が実際に生命を誕生させることができるのだろう、といった不謹慎な考えで頭が一杯になってしまう。

校内試験がクリスマスに行われた。夏の本番前の模擬試験だ。この結果で、優等科に留まれるのか、合格のための詰め込み勉強を止めることになるのかが、決まるのだ。合格するだけでは十分ではない。お前は優等科の上位にならないと、奨学金や、ＥＳＢや師範学校などへの、死に物狂いの競争に参加する機会も与えられないのだ。大学の費用が自分で用意できるのなら、合格するだけで十分だが、そんな金が用意できる生徒は学校にはほとんどいないのだ。田舎の小さな農場から自転車でやって来て、自転車置き場に集まって紙袋から弁当を出して食べたり、雨の日には馬鹿騒ぎをするしかないような連中がほとんどなのだ。優等になれなければイギリスに行くしかないと、みんなが思っている。試験期間中は恐怖感のあまりとても緊張した雰囲気になった。教室を仕切っていた折り畳みの戸が開けられて、広い試験場が作られた。

お前が完全に準備をして臨んだ初めての試験だった。どの問題にもなじみがあり、終了時間前に全て答えることができたので、妙に高揚した気分になった。今まで毎晩ブリキのオイルランプと暖炉の火の下でやってきた勉強が、ここで見事に力を発揮している。完璧にできている、という気持ち。壁の上のキリスト磔像のそばの電気時計を眺めながら、お前はただ答えを書いていくだけだ。三時間があっという間に過ぎていた。下の自転車置き場で、お前は他の連中と問題を思い出してたどってみた。あの問題にはこう答えたかい、五番の問題にはどういう答えを書いた、などと言い合って、嬉しくなったりがっかりしたりするが、一度書いた答えはいまさら書き換えることはできないのだ。自分の人生はもうすでに始まっていて、それを変えることができないようなものだ。忘れた方が良い。コートを脱いで、ハンドボール場[1]へ行く方がいい。ダブルスの試合をすることにした。お前とオライリーが組んでモランとモナハンと戦う。一生懸命試合をしているうちに、今自分たちが置かれている現実がコンクリートの壁と後ろの針金のネット、エレファント印のゴムボールに収斂していった。ボールが何度も何度も壁に打ち付けられ、相手が打ち返せないボールが出て、二十一点になって、どちらかの勝ち負けが決まるまで続けた。

赤い実のついたヒイラギがオークポートから運ばれてきた。ツタはもっと近くからやって来て、家の裸の壁に飾られた。果物や、サンタからの小さい子供たちへのプレゼントが街から届いた。ジョーンが黄ばんだ料理の本を見ながらプラム・プディングを作った。マホニーはこういう準備にはほとんど参加しなかったが、いくらか余分の金が必要なんだと頼めば、不平を言わずに出してくれた。それどころかクリスマスイブの祝いのために、彼は奇妙なことをしようとした。

「わしが何を考えているか分かるか。わしらはクリスマスには修道院の坊さんたちに、何かさしあげるべきだと思っているのだ」

「でも、今まで何もあげたことなんかなかったじゃない」

「ああ。しかし今日はお前の学校での最後のクリスマスだろ。みんなお前にはいろいろしてくれたしな。何か感謝のしるしを見せなくては」

「何をあげるつもりなの」

「ジャガイモの袋を二つやるのも悪くないと思ってる。ゴールデン・ワンダー[2]を二袋」

「タバコとかウィスキーをやるのが普通だよ」とお前は言おうとするが、彼はもう決めてしまっていた。議論をしても仕方がない。ジャガイモはウィスキー一瓶ほどの価値があるだろう。それにジャガイモのプレゼントなら、わざわざ懐を痛めなくてもいいのだ。

「で、お前はどう思うかね」彼は詰問するように言った。

「ゴールデン・ワンダーでいいと思う」他に何と言うことができるだろう。

　彼は二つの食料袋を見つけ、お前は彼が貯蔵穴から小さなゴールデン・ワンダーを出して袋に入れる手伝いをした。皮に付いた土がコンクリートのように凍っていたし、シャベルで突かれて形が崩れているのもあった。それから服を整えて、街へ行く間マホニーはご機嫌で、このクリスマスイブの晩

1―ここではウォールハンドボールのこと。
2―ジャガイモの品種。

が凍えるように寒いのもあまり気にもせず、通りを行く人々に向かって声をかけたり、「クリスマスがやってきた、鴨も太ってきた」と繰り返し鼻歌を歌ったりした。その間お前は恥ずかしい思いをしてしゃがみこみ、マホニーとジャガイモが、冷たいベネディクト修道士にどう見えるのかと、青年の愚かさで、かっと熱くなって考えていたのだ。

マホニーと一緒に、白くなった芝生の間のコンクリートの道を修道院まで歩き、彼がドアを叩いたときには、きまりが悪いというよりも、気分の悪さの方が大きくなっていた。

「ベネディクト修道士さんにお会いできないかと思いまして」マホニーは、青白い神経質そうな顔をした若い女中に言った。

「皆さん修養会なんですよ。学校の方においでになりますか」彼女は言った。

「はいはい、そうですね」マホニーがそう答えると、彼女はお前たちを客間に案内し、廊下にある真鍮の銅鑼を一度打った。修道院長を呼ぶときには一度なのだ。やがて靴音とクレープの長衣が立てる音が礼拝堂階段に向かっているのが聞こえてきた。

「申し訳ありませんでした。修養会のことを知りませんでしたので」マホニーは握手をしながら謝った。

「毎年一度のことです。夜中には終わるんです。構いませんよ。人が困っていたり、仕事の話であれば抜けてきてもいいんです」ベネディクトは冷たい目つきで皮肉な微笑を漏らした。

「いや、困っているのではありません」マホニーは自信のない口ぶりになる。「クリスマスですので、わしらジャガイモをさし上げようと思いまして。どこに置けばよろしいでしょう」

「それはご親切に。ありがとう。裏にジャガイモ置き場があります」さっきの様子と違ったのは、今回は彼が話しながらいくらか強く微笑んだ、ということだけだった。彼は鍵の束を手にして、裏の小屋へ行く道を示した。裏にはキャベツ畑と果樹園と狭い小道があった。お前はマホニーと一緒に床の上に袋の中身を空け、マホニーが空になった袋を二つとも運んだ。

「ここにおられるわれわれの友は、めざましい進歩を遂げていますよ。彼は今年の試験では一番の希望の星ですよ」ベネディクトは袋が空になると、お前のことをこう話した。

「それじゃ、とにかく、こいつは十分やったんですね」マホニーが、お前がきまり悪く思っていると同じくらい自信のない様子だったのは、おかしかった。

「ジャガイモを届けてくれて本当にありがとう」修道院の小屋のそばで、誰もが居心地悪く、言うべきことも分からないまま、五分間もぎこちない会話を試みたあと、ベネディクトは門のそばに行って、やっとそう言った。

「ただ感謝の気持ちを表したかっただけですよ」マホニーはそう言ってから、今までの慣れない丁寧な言葉使いの会話で重くなっていた気持ちをほぐすように冗談を言った。「古いジャガイモは腹のガスを出す助けになりますからね、そうでしょ」

「全くその通り」ベネディクトは微笑み、皮肉っぽい同意の言葉を述べた。寒い中マホニーの面前で彼の言葉を文字通り受け取ったように見えたが、実はとても鋭敏な鼻で、野鼠の死骸の臭いをその言葉に嗅ぎ取っていた。「本当に空腹の足しになりますからね。わたくしたちの国民性について本を書いている連中の誰かが、ジャガイモについてもっと詳しく調べてみるべきだと思っていますよ」彼の口調にはふざけた気分を断ち切るような雰囲気があった。

「昔飢饉がありましたけど、ジャガイモのおかげで、しのげましたしね」マホニーは気が楽になり、誇りを持って言った。彼は気づいていない。

「今年も飢饉に備えて十分蓄えをしておかなくてはね」ベネディクトは微笑んだ。門の外は寒かった。

「ご親切に。お二人に良いクリスマスでありますように」彼は手を差し伸べた。

「良いクリスマスを」全て終わった。お前たちは、明かりをつけた窓にヒイラギを飾った店の間を、空になった食料袋を持って歩いた。時計台のそばに大きなクリスマスツリーがあった。人々は挨拶をしあい、連れ立って飲みに出かけていた。マレーズやレイルウェイ・バーなどのパブは、どこも石炭の火で明るく、騒がしかった。

「雪が降っていないだけで、あとは何もかも揃っている」お前が離れて行こうとすると、マホニーは言った。「あの修道僧たちは、自分たちを救うために、今もずっとあそこで祈っている。ベネディクトは賢い人だよな。そうだろう」

お前は決まりきった言葉で同意したが、ベネディクトがあのジャガイモを取っておくのだろうか、あるいはウィスキーを買うために売り飛ばしてしまうのだろうか、と考えていたが、それは口に出さない。そしてお前はマホニーと家に戻りながら、もし自分が試験に通り、結婚でもしたら、自分にも今のお前のように無口でそばに寄りつきもしない息子と一緒に歩かなくてはいけないような運命が待っているのだろうか、と考える。それこそ本当の悪夢だ。お前はマホニーがずっと喋っているのを聞いている。たとえ他のものがなくとも、少なくとも彼には美しい熱意というものがあった。

クリスマスのあとマホニーが前の畑に出ていると、郵便配達が試験の結果を運んできた。親宛として彼の名前が書かれてはいたが、もしそうでなかったとしても関係ない。誰宛の手紙であっても、家に来た手紙は全て彼が開けていた。それを持って家に入って来たとき、彼は丁寧ではあるが、堅苦しくない喋り方で言った。

「おめでとう。一番で出て行けるぞ。お前が頭でっかちにならなければ、それでいい」

「彼は完璧で、クラスの一番になりました。この調子で進んでいけば、どんな望みも叶うことでしょう」彼は読んだ。

両手が震えた。お前の書いたものが受け入れられたのだ。感謝の涙が溢れ、その結果寛大な気持ちになっていく。その気持ちを抑えることはできない。お前は誉め称えられ、そのお返しをしたいと思う。世の中全てに感謝したい。しかし一旦深く考えると、お前にはこのような賞賛を受ける権利などないだろう、それにベネディクトにもお前を誉める権利があるのだろうか、という告発がどこからかされるような不安な気持ちになってくる。しかし喜びが大きいので、そういう気持ちはすぐに消えていく。なんであれそのまま受け取るのが一番だ。

「夏にもうまくやれば、本当のお祝いができるな」マホニーが言った。

「ありがとう」それ以上他に言うことがあるだろうか。

「わしとパット・フリンが国民学校ではいつも一番を争っていたもんだ。最後の、七年生のとき、わしは一番を取った」彼はあまりにも心を動かされたので、自分の話を持ち出す気になった。

「パット・フリンは今どこにいるの」お前は興味を持った振りをするために、そう聞かざるを得ない。

「死んだよ。モインで伝道師をやってから、アフリカに行って死んだ。一度戻ってきたが、そのときには会えなかった。サッカーでもウィングからゴールを決めるような強引な奴だったよ。二度目に出かけて行ってすぐに死んだんだ。奴の墓はただ『白人の墓』と呼ばれてるそうだ」彼はそう言い、ちょっとの間感慨深そうにした。

「そして、誰か知りたい奴がいれば教えてやるが、わしは今でもここで生きているというわけだ」彼は妙なユーモアを漂わせながら再び話し始めた。「わし以外の誰が、わしがここで生きているということを信じるだろうかな」彼は前の畑に戻りながら、耳障りな声で一人笑いをした。

マホニーはこの小さな成功の香りで、お前が一人部屋で勉強することに対する態度を変えた。もはや明かりや燃料を浪費するのは、不健康で疑いを持たれるようなことではなくて、世間に出て行くための可能性と、尊敬と金が近くに来ていることの、明らかな印になったのだ。それによって今や彼の好奇心は、以前お前が一人で絶望的に苦しんでいたわけを知りたくて疑惑にかられたのと同じくらい、大きくなっていた。彼はその気持ちをこんな風に表してきた。

「試験が済んだら、どうなるんだ」

「奨学金を貰うよ」

「何人くらい貰えるんだ」

「この州で二人」

「何人も候補者がいるんだろ」

「何百人も」

「苦い目に遭わなきゃならん人間がたくさん出るということだな。だが、たとえば、もしお前がそれを貰えたら、どうするつもりだ」

「大学に行って、したい勉強を何でもやれる」

「何を勉強しようと思ってるんだ」

お前はそれが分かっていない。大学は夢だ。風の日も雨の日も自転車を漕いで行くという辛さ、試験に通るために何も楽しむ時間もなく、試験が終わったとたんに忘れてしまうようなことを頭に詰め込むだけの無味乾燥な勉強をすること、そういうこととは無縁なところが大学だ。今までにも、朝早く、緑色になったサンザシに囲まれて、自転車で他の誰もいない道を走りながら、『ウェルギリウス頌歌』を気持ち良く大声でうたったり、夕方サッカーをしたあと、心地よい疲れと暖かさに包まれて帰ることなどもあったけれど、どれも学校生活とは大して関係のないものに思われる。

大学へ行けば別だ。木に囲まれた小塔のついた石の建物や木や芝の間の散歩、それに黄昏の黄金色の中、コリブ湖に浮かぶ舟などの写真をお前は見たことがある。お前は秘密の世界に入っていけるのだ。もしお前が医学の方面に進むのなら、お前は人間の身体のいろいろな器官の役割や神秘の構造を知るだろう。もしお前が文芸を選べば、一日中夢中になって世界中の素晴らしい本の世界に浸ることもできる。お前は自分と同年輩の、やはり同じように秘密の世界を知った男性や女性と共に、話を交わしながら木の下を歩き、お前と同じ勉強をしている女性と一緒に散歩することだってできるかもしれない。

「分かりません。たくさんの分野があるから」

「医学にも進めるのか」

「多分」自分の夢が、他人の気持ちの中で、あまりにも現実的になり過ぎてきたので、だんだん居心地の悪い気持ちになってくる。それらはまだ遠い先のことであり、もしかしたら、ないことかもしれないのだ。

「お前がずっと試験に受かり続ければ、奨学金をもらえるチャンスも多くなるのか。そうすればお前は何かの専門家か医者になれるかもしれないんだな。ハーレイ通りあたりに出て行けるかもしれないな。お前がハーレイ通りに行ったら、あそこらへんに住む金持ち連中はちょっとびっくりするだろうな」

「ぼくはまだ奨学金を貰ってもいないんだよ。ただそのチャンスがあるってことだけだよ」

「チャンスがな、百に一つの」夢の城は崩れ落ち、彼は不機嫌に繰り返した。「お前にはコネもないしな」

「コネじゃないよ、成績なんだ。高い得点が取れれば、ぼくだって貰えるさ」

「コネがあれば、成績なんてどうにでもなるという風に思わないのか。お前はまだ世間を知らないから、これから辛い目の一つや二つに遭わなきゃならん。一つ教えてやってもいいが、学校にかかる費用のこともそうだ」これで話は終わりだ。

暖炉や明かりについての心配はなくなったが、マホニーの口出しは、勉強への執拗な関心に変わってきた。

「真夜中に使う油が随分少ないじゃないか、本当に。十分に使っていいんだ。身体を壊してしまうぞ」

「あと数ヶ月のことだから」

鏡で見ると頬骨がくっきり見え、両目も落ち窪んでいた。

「お前より頑丈な人間だって、あれだけの本にはやられちまう」ランプの明かりの中で机の上の静かな本の山を見て、ずっと以前から心配していたという風なそぶりを見せた。「お前よりもずっと丈夫な人間だって、こんな本の山にはやられちまう。身体を悪くしたら元も子もないじゃないか」

「大丈夫だよ」

「家の中にいて、世の中の苦労を知らないうちは大丈夫かもしれんがな。心配と葬式は他人に任せておけか」

何も言わずにここにいるのが一番だ。彼の意見に対して反対しなければ、それだけ彼の怒りも早く消えて行く。

「何をやったって、お前はどこにも行けやしないさ。出て行けないだろうよ。たとえどこかへ行けてもお前はただの間抜けにすぎん。わしが警告しなかったなんて言うなよ。死ぬときはみんな初めてなんだからな」そうぶつぶつ言いながら彼は家の外に出て行った。

20

六月になると学校では、一番出そうな問題は何か、その答え方はどうだとか、過去の問題を練習したり、ダブリンのキャフレイ通信制大学が出した模範解答を調べたり、といった最後の詰め込みに入った。

何人もの聖職者が、聖職者募集に現れたときにだけ、その勉強が中断された。これらの募集の話を聞くと少しは自分の苦しみが慰められるような気がした。

「愛すべき少年たち、あなたたちは今人生の入り口にいるのです。死で終わる人生の。そのときに最後の裁きがあります。あなたたちが願っている、これからの人生の喜びや楽しみはそのとき、取るに足らないものになっているでしょう。もし今そういう楽しみにしがみついていても、人生の大事な瞬間、つまり死の瞬間にそれが役に立つでしょうか。一方あなたたちの人生を神に捧げれば、聖職者というのは完全な授かりものなのですから、どんな余計なものも持たないで済むのです。あなたたちの全人生は神の手中にあるのです。これからもずっと、死後の世界ででもです」

それだったら随分単純な話だ。しかし、お前は自分の顔を反対側へ、つまり取るに足らないものの方へ向けているのだ。お前は、死を前提にした確かな人生を犠牲にして、お前がまだ知らない不確かな世界の方に向かっているところだ。その世界をわくわくしながら想像しても、実際には平凡な現実があるだけで、肉欲の喜びなど風に吹かれてすぐに剝ぎ取られてしまうのかもしれないのだけれど。

話のあと、興味のあるものは誰でも質問に行けるようにと、下の集会室に神父が残っていた。そこへ下りて行って「ぼくは聖職者になりたいんです、神父さま」と言ってしまうのは、簡単なことだろう。そうすれば、全ての面倒を見てもらえる。年度の終わりに神学校へ行けばいいのだ。お前は父親から離れることもできる。仕事のことや人々の思惑などに、煩わされることもない。死ぬときもお前は聖職者であるのだ。つまり神の司祭であるのだから、お前の死は何年も前から、お前がまだ若いうちから、すでに神の手に委ねられており、受け入れられているのだ。

お前は話のあとで司祭が黒いカバンから出したリーフレットを眺めて、なんだかわくわくするような気持ちになる。それには神学校での生活、サッカー場や、礼拝堂、食堂での楽しそうな食事、勉強室で本にかがみこんでいる生徒たちの平和な姿、常緑樹に囲まれたキャンパスの中を仲間と一緒に歩いている姿、といった写真が載せられていた。

下の集会室に行って、お前の人生を死に捧げたい、と言いたい気持ちが強くある。しかしそれは違うだろう。お前は顔を別の方へ向けようとしているのだ。もし本当に下の部屋に行っても、同じ力で今いる場所に引き戻されてしまうだろうということも分かっていた。どちらに行くのも楽ではない。

強い仲間意識、神秘的な力を分かち合うこと、道端にオレンジやレモンが育っているような異国の土地で働くこと、その土地の偉大な人物と歩むこと、といった魅力の数々も、お前の気持ちを決して大きく動かすことはない。現実世界でのお前の人生は、女性の影の中に進んでいくか、死へ向かって行くかなのだ。自分よりも劣ったものに惹かれていくのは、退屈な人間か目の見えない人間だけだ。神の司祭として仕えることは、女性の喜びの周りにある、夢の世界には入れなくなるということだ。

マホニーの暴力的な傾向は自分自身へと向けられることが多くなった。エイプリル市場からギネスの臭いをさせて帰ってきたことがあった。彼に食事を出して、彼がいなかった間の豚の世話や乳搾りのことを聞いて、そこに不都合なことが何もないと分かると、暖炉の火の前に、どすんと身体を落とすのだった。まるで静かに居眠りをしているように見えた。だが突然彼は飛び上がるように起き上がり、顔を赤く膨らませ、腕を大げさに伸ばして、半円を描いて床に拳を撃って叫んだ。「わしだって学校に行ったんだ。

これがわしの人生だ。クルーンの町にあるこの台所がわしの舞台なんだ。わしはこれからもここで人生を送るのだ」まるで自分の運命をしっかり捕まえているかのように、爛々と目を光らせて立っていた。

「誰もわしのことを子沢山の男としか見ていない」彼の声には苦々しさが混ざっていた。そしてまた突然大声を出した。

「でもこれが大事なんだ。わしには大事なことなんだ。これがわしが手に入れた唯一つの生活なんだ。わしにとってこの世の中にはこれ以上大事なことはない。わしだって学校へ行ったのに」すると彼は酔っ払いの啜《すす》り泣きを始めたが、子供たちがじっと彼を眺めているのに気がつくと、また叫び始めた。

「何をぽかんとしてるんだ。そこで口を開けて突っ立ってるしかやることがないのか。全く役立たずたちめ」子供たちは彼に追い払われる前に、長年の習慣で一人残らず、すぐに散って行った。

六月が近づくと、学校全体の成績が良くなるようにと、試験のための朝と夕方の祈りが始まった。教室では、同じ目的のための祈りを各自唱えるようにと、熱心に勧められた。

神さま、失敗しませんように。

神さま、六割以上の点が取れますように。

神さま、上位になれますように。

神さま、どうかぼくを負かすかもしれない連中を交通事故で死なせてください。泣き叫びながら死なせてください。

これ以上お祈りをしたって意味はない。もし神がそこにおられても、そこにおられるというだけだ。貧しき者や売春婦たちなら最後のときに、堅実な人間よりも、より良い機会を与えられるのかもしれない。しかし、もし公務員試験に通れば持てるかもしれない、バラの花壇や野菜畑、二戸建住宅や妻と子供、ダブリン郊外からフォルクスワーゲンに乗ってのドライブなどをあきらめて、お祈りをしてお前だけ神の身元へ行ったたって、それが何だというのだろう。

黙っているしかないではないか。だからマホニーが毎晩やる早口のロザリオの祈りの中で、お前の成功を願ったときには、お前は我慢できなくなる。少なくともマホニーは、そんなたわ言を言うべきではないと、お前は思う。

「なんのためにそんなことを言ったの」彼が祈り終わった瞬間、お前は怒りを押さえられずに、ほとんど叫ぶように言う。

「何だって」

「ぼくの成功を祈っていたんでしょ」

「神の恩寵を望んでいないのか。お前は異教徒か何かなのか」

「いいえ。そういうことじゃないんです。ぼくが試験を受けるとか受けないとか、あるいはぼくが神さまの元に行くかとか、そういうことが神さまにとって大事なことなの。もし神さまの意思で、ぼくが十分運が良く、健康であるならば、ぼくは試験を受けますよ。でも受けなくても神様には関係ないでしょ。ぼくが死ぬときにも神様には関係ないよ」

「一体全体なんという下らん罰当たりなたわ言をぬかすんだ」

「違います。お父さんはお祈りをお金代わりに使いたいんだ。うまいことを言って試験を神さま頼みにしようと思ってるんだ。そっとしてあげられないの。神さまは試験を受ける奴らなんかよりも、そうじゃない人間にとって大事なものなんだ。ぼくが試験を受けるとか受けないとか、そんなことは大事なことじゃない」

「それが大事なことでないのなら、そのために火や明かりを随分使ったもんだな。怖いものが見たくなったら、鏡でお前のやせこけた案山子《かかし》みたいな姿を見るがいい。そっちのほうが明らかに重大なことだ。神さまにお願いすることもできないくらい、お前は狂ってしまったんだ。お前の心にはもう神様はいないのだな」

「いいえ、ぼくはお父さんと同じかそれ以上に正気ですよ。神さまの恩寵を願いたければそうすればいいけれど、ぼくが試験に通りますように、なんてことは願わないで」

「不信心極まるたわ言だ」

「違います。どんな試験も神さまの恩寵とは関係ないんです。誰にとっても。いっそ悪魔に恩寵を願わさせたらどうなんです。でもそんなことは駄目です、駄目です、駄目です」

マホニーはこの熱情の嵐が収まるまで待っていた。そして直接答えを言う代わりに、一般的な話をした。

「わしはこの家の中でこんな言葉を聞くのを待つために、この歳まで生きてきたのか。え、そうなのか、この不信心ものめが。これからはお前の汚い言葉は、外の友達と使うんだな、分かったか」

「はい。でも試験に関してはどんな祈りもしないで下さい」

「お前の名前など二度と出さん、汚らしいたわ言を言いくさって。お前は一目散に地獄に向かっているのだぞ。本の読みすぎがこんなに役にたつもんだってことを今まで知らなかったよ。煙のような誇りじゃないか。お前は思ったことなら何でも言ったり、やったりできると思っているらしいな。わしの頃にもそういう奴がいたのを見てきたが、今夜みたいな馬鹿げた異教徒のような話は初めてだ。この家でそんなことは二度と聞きたくないね。聞いてるのか」

「分かりました。もう言いません」

「全く下らんたわ言だ」彼はまだ不平を言い続けた。「子供たちの前でもだ。本当に狂った言い草だ。そんなことを言ってると他の人間のように生きられなくなるぞ。お前はもう神さまを必要としていないんだな。尻を拭くような卑しいことなどする必要はないっていうんだな。最近はお前はわしたちのように下界のここではなく、空の上で時間を過ごしているのだと見える。神さまとの会話もそこでやってるのか。そんな人間にさせるために、わしはお前を育てて学校に行かせたのか。お前のご同類ばかりなら、この家にも幸運が来るとでもいうのか」

　彼はそんな風にぶつぶつと不平を言いながら寝室に行った。そうして彼の姿が消えると、良心の呵責が波のように押し寄せてきた。お前は彼を困らせたが、それは一体何のためだったんだ。彼が何を祈っているかなんてどうでもいいことだ。お前の成功を祈ることで彼が満足するなら、そうさせておけばいいじゃないか。今のように彼を怒らせたって、何も変わりはしない。馬鹿なうぬぼれのせいでこんなことになってしまった。家のものは皆寝てしまった。お前は台所に一人。お前はすまなかったと彼に謝りたいのだが、それができないでいる。

草の中を歩いてきて濡れている彼のブーツが、火のそばに置かれて乾かされている。それを見ていると、恐ろしい魔力に襲われてくるようだ。

火のそばに置かれているそのブーツはお前の父親のもの。朝までそこに置かれているのだろう。つま先が床のコンクリートの上の暖炉から流れてきた灰に触れている。草の露に濡れた靴。お前の父親の足がその黒い革の中に入っていたのだ。歩いている足を包む黒い革。希望と共に動き、地面の上を運ばれ、そのうちに履き潰されてしまい、修理され、ついに見捨てられて、カーリーの店で新しいのが買われ、それがいつものように畑で履かれ、日曜日にはリーガン競技場にサッカーを見に行くとき軽やかに履かれ、いつしか足の方が疲れ果て、しまいには死んだ足から脱がされるのだ。革に当たるウオノメ。そのブーツは彼の途方もない心配や、喜びや、不注意など全てを一緒に運んできた。今は全く静かに火のそばに立っている。それが運んできた足は、今はまた明日働くためにシーツの間で温められている。靴はここで全く静まり返っている。動きもしないだろう。お前はそれに魅入られたように触ってみても、それらは動かない。ただ指の先に濡れた革のざらざらした感じが伝わってくるだけだ。靴紐が一本駄目になって、白い撚《よ》り糸が代わりに付いていた。

一体お前はどうして他人を傷つけたり邪魔したりできるのか。あの靴を履いていた足は、朝から夜まで、そして死ぬまでずっとあの革の中で動いていて、それで満足ではないのか。お前の自己本位の考え方で、余計な負担をかけることなんかはないのだ。靴にとってみれば、履かれていようと、脱がされてじっとしていようと、お前の成功のためにお祈りをしようがしまいが、そんなことは関係がない。どうしてお前は、他人がそうすることで喜んでいるちっぽけなことを許すことができないのだ。こういう気分のまま、お前は今までにしたことのないことをやろうとした。彼の部屋のドアをノックしに行ったのだ。

「誰だ。何の用だ」

「お祈りのことではすいませんでした」

「謝るには少し遅すぎる時間だ。危険が去ってから謝るのは簡単なことだ。あんな罰当たりなたわ言など吐いて。なぜお前がすまながっているかは簡単に分かるぞ。お前は謝ることより他にやらなくてはいけないことがあるだろう」

寝室の暗闇から続く不平の声を聞いているうちにまた怒りがこみ上げてきた。あの同じ靴は蹴ったり踏みつけたりもできるのだった。お前は我慢できない。ただ殊勝そうなことを言うだけだ。それだけだ。

「お願いだから忘れてください。ただごめんなさいと言っただけです」お前はそう言って鋭くドアを閉め、悩み、怒りながら台所を通って自分の寝室へ向かった。

21

試験がだんだん近づいてきて、あと何日と数えられるようになってきた。六月の始めの日々は、本当に夏のような天気だった。橋の上から街へ向かって行く船を眺めたり、水曜日は半日なので、昼から静まりかえった夜になるまでずっと、テニスコートの小屋のあたりで、白い服を着た娘たちを眺めたりもした。試験を受けるクラス以外、みんな夏休みに入っていた。普段の学校生活の圧迫は全くなくなっていたが、試験を待つ間の緊張を和らげる努力をしなければならなかった。時間割と受験心得が黒板に書かれ、椅子が庭の芝生の上に運び出されていた。大きな糸杉の木陰に、ベネディクトを囲むように半円形に椅子が並べられた。木陰の向こうの日に照らされた芝生には、クロックゴルフ[1]の白い旗が立っていた。芝の真ん中を通るコンクリートの道の両脇に、白いブロックが置かれていて、おもちゃの犬のように見えた。ライラックの木から、桃色の花びらが落ちて、雪のように草を覆っていた。

「もう汗をかかなくてもいい。勉強は終わったんだ。ここにきて勉強しても害の方が大きいからね。

くつろぎなさい。試験はサッカーの試合と同じだ。前の晩に練習しすぎてはいけない。今は、まだひっかかっている問題があったら、それを見直すことだけだよ。何か質問はないかね」ベネディクトは微笑んだ。彼の漆黒の髪はきれいになでつけられていた。一日に二回は剃らなくてはいけないほど濃い髭。細い腰に幅の広い革のベルトが締められ、肩にかかったケープが喉のところに垂れていた。彼は六ヶ国語が話せるとか、彼の色が黒いのは外国人の血が混ざっているからだとか言われていた。

トリエント公会議[2]や、ホラティウスの頌歌の中の文法について、アルスター[3]の入植地についてなどの質問がされていたが、だんだん少なくなっていき、最後には気の抜けた、気楽な質問になっていった。

「ホラティウスがもし試験を受けたら、ぼくたちのようにラテン語をちゃんと理解できると思いますか」

「いや、多分彼は恐れをなしてしまうだろうね。マクダーモット、君は恐れる必要などない。どうしても恐がりたければ、冬の間にゲイエティー座で見た幽霊でも連れてくるんだね」

「どうしてミサでは死語になったラテン語を使うんですか」

「それはラテン語が教会での公式な言葉だからだ。いろいろな国の言葉の違いをなくすために、変わることのない普遍的な言語として使われているのだ」

1―芝生の上でホールを中心とする円周上の十二点からパットだけをするゴルフ。
2―宗教改革によって、根本的な諸問題に直面することとなったカトリック教会が、一五四五―六三年に教義や組織・制度について反省・刷新を図った会議。近代カトリック主義の出発点となった。
3―アイルランド北部三州の旧称。

それらの質問は、試験のことには触れない一種のゲームのようなものだった。

街のはずれでコンクリートに穴を開けるドリルの音がしていた。ダブリン・ロードの門の辺りを車が通り過ぎていく。その門には石のケルト十字架がありそれには、**神のいやがうえにも大いなる栄光のために**、[1] と刻まれていた。カラントの花が咲いている生垣と、背の高い壁の方までずっと生えている大きな糸杉の木の影がまだ芝生の上に落ちていた。質問はぐずぐずと続いていた。

「ローマ人たちは、ぼくたちに似ていましたか」

「どうしてそんなに多くの詩人たちが、異端者だったり、狂ったりしたんですか」

「修道士になってから今までにどれくらいのクラスの試験の準備をしましたか」

「今年のオール・アイルランドでロスコモン州に勝ち目はどれくらいあると思いますか」

「このクラスはいい方だと思いますか、悪い方だと思いますか」

こんな質問がされている間お前は芝に坐っている。気持ちの良い日に、どうでも良い質問と答えが交わされているのを聞きながら、お前の人生の一部が過ぎて行く。しかし審判が下される試験の日がもうそこまできているのだ、という考えに絶えず襲われて、この気楽な気分も破られてしまう。すさまじい恐れが束になって腹の一点に集まってくる。ベネディクトは奨学金を貰えればどこへでも行けると言ってはいたが、それも運にもよるのだ、とも言っていた。

お前は落ちるのだろうか。ベネディクトによれば、運がなければ、あるいは最後の勉強のときにやったのと違う問題が出たりしたら、落ちるかもしれない。結果が来たらお前は父親がそれを読みあげる声を聞かなくてはならないのだ。

「勉強して君たちがどこまで進んで行ったかを確かめるんだね。煙突を伝っていった火や明かりの量を考えてごらん。それが無駄になったら、と考えてみるんだね。君たち自身も、多分家の人たちもみんな大変な思いをしてきただろう。君たちに話していなかったかな。骨を折って、初めて何かが手に入るのだ、ということを前に言わなかったかな」

お前は目を閉じようとする。お前の視線はあちこちに飛んでいた。芝生、コンクリート、木の影、コンクリートの柱の間を走っている針金、お前が良く自転車を乗り回したり、いつもスポンジのボールで荒っぽいサッカーのゲームをやった砂地の広場の向こう。ライラックの花が芝の上に落ちている。気分が悪いのに、流行歌の歌詞が頭に浮かんできて離れない。「春になったらライラックの花を集めよう」[2]

ライラックの花をこの恐ろしい夏の季節に埃の中でからからに乾きながら、みんなが集めている。乾いたライラックの花びらを父親の口に、おまえ自身の口に、窒息するほど詰め込んでみたら。ライラックの木のそばの芝生の上で、自堕落な人生が送れたら。パリの橋の下でわたしと一緒に、ねえあなた、わたしをしっかり抱いて。

太陽とその熱は最悪だった。芝に置かれた誰も坐っていない椅子。確かにお前は半分狂っているのだから、父親が正しいのかもしれない。お前が聖職者になる道を進んでいれば、他の人間のように落ち着いていられるだろうに。そうすれば、お前が気にするのは神学校へ行くための日数を数えることくらいでいいのだ。

1―イエズス会のモットー。
2―ウェールズ出身のアイヴァー・ノヴェロ(一八九三―一九五一)作詞作曲による同名のポピュラーソングの歌詞。

「安逸、安逸、安逸。みんな安逸を求めているのだ」ブル・リーガン師は毎年の修養会でいつも祭壇から叫んでいた。

人の一生は、この安逸というネズミの穴ほどの狭いところで過ごされるのだ。不幸をかわし、うまく扱い、そうしてこの狭い穴に、最後までしがみつくのだ。変化に対する恐れもなければ、危険もなく、寛大さも、賞賛もなく、狂気さえもそこでは他のものと同じように、凡庸で害のないものになるのだ。毎日同じ道で同じ時間に同じバスに乗り同じ帽子掛に帽子を掛け、新聞売りが聞きもしないで手渡す同じ新聞を三ペンスで買うのだ。その安逸が試験で得られる最高のものなのだ。お前が傘を持って事務所から外に出たときにそれが分かる。

糸杉の木陰の芝生の上で、娘の口を夢みる。ベネディクトの乾いた皮肉っぽい声と、遠くからコンクリートにドリルをかけている音が聞こえる。その振動は、ダンスフロアで声を上げずに静かに息を吐く音のようではなく、そこで腿や唇が柔らかく触れあうときの神経の震えのように思える。

いやそうじゃない。そんなことを考えている場合ではない。いつもの無益なことが頭に浮かぶ。試験に失敗したら、ホーリーヘッド[1]行きの夜行船の二等の切符を手にするのだ。それでも構わない。しかし引き返すにはもう遅い。試験はすぐそこまで来ている。なんといってもあと二週間、闇雲に進んで行くしかない。

「うまく行くように祈りなさい。神さまに祈りなさい。あなたたちの心に平安な気持ちが宿るように。あなたたちを神の手に委ねなさい。そうすれば悪いようにはならないでしょう」ベネディクトは、明らかにこれで終わりにしようとしてこう言っていたが、そんなことを言われても、お前には何の役にも立たない。

「ぼくはできる限り一生懸命に勉強をやってきました。あとは運だけです。試験を受けに行き、最善を尽くすだけです。他の誰かがぼくより良くできたとしても、それはぼくには関係のないことです。いくらいい成績を取っても、その人たちみんなが奨学金を貰えるわけじゃない、たった二人分しかないんですから。全くぞっとするようなゲームです。誰が決めるんですか、どういう基準があるんですか」お前は本と椅子を持って芝を離れるときに、そういう風に聞いてみようかと思う。

「もし駄目だったらお前はイギリスに行けばいい。ロンドンのダゲナムで働くのだ。そこでお前はパット[2]と呼ばれるのだ」

「一試合やっていかないか」オライリーが声をかけた。それが良い。ダブルスで。溜まっていた力がこの試合で発散される。コンクリートの壁と高い針金のネットの中に閉じ込められる。茶色い小さなエレファント印のボールが速いスピードでうなりを立ててスピンしてくる。純粋な体の動きと技術だけでよいという喜び。一瞬の本能的な判断、その結果の勝ち負けは問題ではない。針金のネットの外には、キャベツとまだ若いジャガイモの茎が一杯に植わっている修道院の農園が見える。

1—アイルランドからの船が到着するイギリスの街。
2—アイルランド人のことをこのように言う。

22

試験の直前の日々は夢うつつで過ぎて行った。何をしようという気もなくなり、絶望的な恐れを抱きながらも、水辺に向かう流れをうっとりと眺めたりするだけ。何だか本当のことではないような気もするが、その日は容赦なく近づいてくる。これ以上勉強できる可能性はもうなかった。部屋の中で、すでに暗記していることが書かれている本のページを落ち着かなく繰っているだけ。夕方には本を手に、オークポートを越えて川へ向かうが、勉強の代わりにできたことといえば、かつて馬車を通すために開かれていた錆付いたオークポートの大門や、雨風にさらされて腐りかけているナットリーのボートハウス、また絶え間なく流れている水や、魚の動きで震えている水際の葦を眺めることくらいだった。森を通って家に帰る間、ぼくの足はホタルブクロを踏みつけて行った。試験はあと数日先に迫ったが、自分の死と同じくらいに現実感がなかった。人生というのはいつもこういうものなのだろうか。落ち着いていることなんかできない。牧羊犬が、草を食んでいるウサギの気を逸らそうとしているのを眺めながら、石でできた境界線を越えていくのが唯一つの現実逃避になる。

試験の前日の風もない暑い日曜日、そういった気分がいつにも増して大きくなっていた。ぼくはジョーンと川へ出かけて、熱さでタールが溶けた匂いがする舟に乗り、きしんでいる櫂栓に水を注いだ。彼女が疑似餌を垂らし、ぼくがゆっくりと流し釣りのできる速度で舟を漕いだ。しかし明るすぎた。オークポート・ウッドの木陰沿いの場所でさえも、水に反射する日の光が強くて、一匹の魚もかからなかった。ジョーンは釣り糸を持ったまま、舟のともに坐っていた。ぼくは同じような速度で機械的に漕いでいたが、時おりオールを高く上げて、鏡のように穏やかな水面を進む舟が立てる水音に耳を傾けるのだった。

「明日のことが心配なの」彼女が聞いた。

「分からない。なんだか気が抜けてしまって、全てあほらしい気がするんだ。本当じゃないみたいで。でも、何でそんなこと聞いたんだい」

「別になぜってことはないけど。だって家を出てからずっと黙ったきりだし。ただどうしたのかなと思ったの」

「多分心配してるんだと思うよ」

夢の中で、舟はなじみの目印の場所を進んでいく。河口近くの赤と黒の方向板の間の小さな水路、パーチ[1]が釣れるゴールデン・ブッシュ、タフラン・アイランド、ノックヴィカー・アイランド、木々の間に立っているバター会社の工場、工場から出たかすが浮いているノックヴィカー橋の三箇所の湾曲部、その川岸の柳の木。これらの場所の名前は、ぼくの心にずっと、永遠に刻み込まれている。

1――スズキ科の食用淡水魚。

大きな木製の水門があるのでノックヴィカー・ロックスまではこの舟で行くことはできない。石の間に根付いている若いトネリコの木にぼくたちは舟を繋ぎ、パーチの餌を作り始めた。壁を通って落ちてくる水や、水門の石にぶつかって白く濁って出てくる水も、水草の腐った匂いを空中に漂わせていた。

数艘の舟、閘門《こうもん》の上や壁の上でズボンを膝まで捲《まく》り上げて釣りをしている人々などで、ここはすでに混みあっていた。人々のくるぶしを洗いながら、水は緑の壁を伝って落ちていく。川岸の草の上の娘たち。日曜日のけだるい、のんきな光景だ。小さいパーチを物憂げに釣り上げ、魚が明るい赤い背びれや鰓《えら》を船板の上で動かして、そのうち暑さで死んでしまうのを見たり、それからまた餌を付け、坐って浮きを見つめるというような魚釣りをしても、楽しみを感じない。明日の今頃には一日目の試験は終わっているだろう。まだ信じられない。今はただけだるい心の痛みを感じるだけ。この川のどこを見ても、そこにいる子供たちを見ても、絵に描いたような日曜日の光景。試験に苦しんでいる人間など、どこにもいない。暑い日曜日には、人々はいつでもここにあるこの川に集まってくるのだ。暗闇も、恐怖も、苦労もない。彼らが捨てたタバコの箱が流れて過ぎて行く。愚か者だけが、他の人間と違うものになりたいと願っているのだ。

「悪いな、ジョーン。もうこれ以上は無理だ。家に帰ろう」

家まで漕いで帰りながら、身体を動かして運動をしているという感じが気晴らしになった。少なくともどこかへ行こうという気持ちはあったのだ。しかし舟が半分も行かないうちに、オールを漕いだせいで明日の朝、手に水ぶくれができていたらどうしようなどと心配し、ジョーンに漕いでくれと頼む方が良いだろうか、と思ったりした。

「明日から試験だな」マホニーはお茶のときに繰り返した。

「そう、明日から」ぼくはうなずいた。「明日が来て、明日が去り、また明日が来る」。『マクベス』のせりふ[1]が胸にこだまし始めた。

「何の科目なんだ」

「最初はアイルランド語」

「心配するな。心配しないことが大事だ。処刑されに行くわけじゃないからな。冷静に、落ち着いて、集中する、この三つの知恵があればうまく行く」

　家にいるのが耐えられなくなってきた。外の明るさは消え、西の方から黄色いたそがれ色がイチイの木の下の門に流れ込んでいた。ぼくは果樹園の脇を歩いた。リンゴは青くて硬かった。木枠からはみ出している大きなルバーブの葉、それを持上げると赤い茎に緑の筋がついている。何かに触れたいという気持ちが荒々しい程大きくなる。指先がリンゴの木の枝の上の青白いコケに触れると、硬いけれど、もろい感じがする。ぼくの顔に当たるルバーブの葉はひんやりしている。足元の木製の踏み越し段は風雨にさらされて白くなり、イチイの木の枝にしっかりかけられたバケツの取っ手は冷たかった。サンザシの生垣には、鳥がつついてきれいにしたところ以外は、イラクサや大きな雑草がたくさん絡まっていた。

　この場所は少なくとも緑に覆われ、しかもそれは現実のものだ、とぼくは口にしようとする。しかしその気持ちも長くは続かない。試験は明日だ。直面するのが怖い。イギリスに逃げて行ってしまお

1——五幕第一場でのマクベスのせりふ。

うか。

いや、我慢するのだ、それだけだ、という反論の声が聞こえる。もし駄目だったら、プライドが傷ついたら、と考えてぼくは怖がっている。だけど、それが何だ。逃げても無駄だ。比べればありふれた平凡なものだが、マクベスの賭けと同じだ。抜け出すのも倒れるのも戦いの結果次第。誰もが王になれるわけではない、それと同じことだ。抜け出すか、倒れるか、戦わなくてはわからない。踏み越し段を越えるために、手を伸ばしてバケツの取っ手をしっかり摑んだ。ぼくは歯向かってこない安全な草を蹴った。

笑わずにはいられなかった。全てのことが大げさで、あまりにも滑稽だった。ぼくは強盗と一緒に礫にされるために山へ向かって行く[1]わけでなく、ものを書く競技に参加するために公立の建物の中に置かれた机に向かって行くのだ。なぜかは良くわからないが、全てのことが、不釣り合いなほど大げさなものになってしまっている。ぼくはこの不条理の真っ只中にいて、ぼくの人生にちょうど良い大きさは、どれくらいのものなのかも、自分では分からなくなっている。ぼくには何も分かっていない。

牧場を横切って干草小屋に入り込み、中の古い干草の上に寝転ぶのがいい。誰も来ないだろう。干草の上に横になると野原を越してエルフィンの方まで石の境界が続いているのが見える。キャリック村から立ち上る柔らかく黄色い煙が、遠くの空の左側に雲のように集まり、右に動いていた。

干草は人を興奮させる。ジェフリー・ファーノル牧場で働く御者の下になって、干草小屋の中で仰向けになっている田舎娘たち。とがった干草の先端が服を通してちくちく肌を刺す。始めた時のように終わるのが良いかもしれない。気にすることはない、だって誰もこやしないんだから。干草の上の娘、彼女の胸、唇、腿、そして胸の谷間に揺れているハート型のロケット。ぼくは歯でそれを捕まえる。それは硬い金属だが、彼女の身体で暖まっている。ズボンを脱ぐと干草が身体にちくちく当たる。干草の上にいる想像上の娘は、干草と髪の毛を揺らし、ぼくが捕えようとすると笑いながら身をよじるが、ついに「素敵な人」と言ってぼくの唇をキスで覆うのだ。ぼくの腕の下には裸の彼女がいる。ぼくは彼女の中に滑り込んで行く。ちくちくする干草の痛みが甘美な快楽になっていく。

「ああ、いとしい人、いとしい人、いとしい人」ぼくは干草の上に唇を這わせて呟くと、精液がほとばしり、終わった。平原の上の青い空、石の境界、草を食む羊、石の間の遠くの小さな白い鳥、牧場の天辺の三本の樫の木の切り株、そして空の光などが眼に入ってくる。何も変わっていない。ぼくは半裸で干草の上にいた。浮かない気持ちが続くが、立ち上がらなくてはならない。干草の上でシャツを整え、ズボンをはくのは、なんだか馬鹿げていて気恥ずかしい。精液は干草の中に消えてしまった。時間が経てば乾くだろう。家畜が食べたらどんな味がするのだろうと考えると、おかしかった。人間の精液が人間の中でだけしか育たないというのは奇妙なことだ。雌馬やネズミにいくら突っ込んでも無駄。奴らは奴らの精液で育つのだ。

　ぼくは気持ちが落ち着くまで、そこら辺をうろつき、服をはたいてきれいにした。明日は試験だ。明日は随分遠くのようだった。ぼくは気にしなかった。心が安らぐと、この悪習に向かう気が起きないのも不思議なことだ。

23

　生徒たちは修道院の門に集まった。自転車で来た者は、建物の中の大きな部屋に駐めた。ベネディクトがギャロウズ・ヒルから修道院まで、ぼくたちと一緒に来た。誰も多くは喋らなかった。

「問題を全部読むのを忘れぬようにね。できそうだと思った問題にすぐに飛びつかないように。答えるつもりの問題を選ぶのだよ。問題ごとに時間を振り分けるのだ。問題を選ぶのに十分、それで大丈夫。一つの問題に余り時間をかけすぎないように」ベネディクトは建物の外で最後の注意をした。芝生や壁際の花壇の周りに白い手摺があった。ぼくたちはもう十回も、ペンとインク、定規、番号が書かれた受験票などが揃っているかどうか点検をした。問題用紙に書かれていることをチラッとでも見せてくれれば、あるいはここから逃げ出すチャンスをくれれば、ぼくたちは金を払ってもいい。

　集会室には机が並べられていた。壇の下に監督が立っていた。緑色のカーテンに二本の金色の帯が交差していた。ぼくは自分の番号の書かれた机を見つけて坐った。問題の入った黒い箱の鍵が開けられ、規則が読み上げられた。一番前に坐った生徒からは問題を束ねていた封筒のシールが剝がされるのが見えた。問題用紙が表紙を下にして配られた。優等用の赤い紙と、普通及第用の青い紙。ぼくは時計を眺める。十時にぼくは赤い紙を取り上げて読み始めるのだ。

十時になって、ぎこちない手つきでその紙を取り上げた。目でページをずっと追って行く。半分くらいまで行ったところで、今まで集中して夜に勉強したことが、無駄でなかったことが分かった。さっさと問題にとりかかりたい欲求を抑える。ぼくは問題を選び、選んだ問題に印をつけ、そして他の生徒の顔をすばやく眺め、そういう風に覚えろと言われて覚えてきたことを、機械のようになって書き続け、それから時計を見、そしてもう一枚紙をくれと頼んだ。

三時間が信じられないくらい早く過ぎて、終わりになった。ぼくは解答を入れた封筒を提出して、部屋を出た。ベネディクトは砂利道で待っていた。彼の周りの集団は、問題のことを熱心に話し、あっていたとか間違っていたとか大騒ぎをしていたが、あと一つ問題ができていたらもっと良かったのに、というような話題は避けられていた。

昼になるとぼくたちは修道院に戻って行ったが、関心は二時から始まる午後の試験に移っていた。そして、それは五時に終わった。ぼくはいつものように、といっても興奮していたので、少しゆっくり自転車を漕いで家に戻った。それほど恐ろしいものではなかった。明日はまた明日だ。歴史と、あと何か。新しい気持ちで見返せばいい。その晩は夕べよりも落ち着いていられた。二週間が終わる前に気分は普段の学校生活を送っているときとほとんど変わらないものになった。ただ毎日新しい問題に挑戦するというだけのことだった。

最後の日に面談室で生徒たちにお茶がふるまわれた。ベネディクトが短い挨拶をした。五年間の学校生活がこれで終わるのだ、と彼は言った。これからの生活は随分変わるだろう。誰もが目を閉じていたいのかもしれないが、これが現実の世界なのだ。そうしてみんなそれを受け入れ進んで行かなくてはならないのだ。大事なのはそれをやり続けるということだ。さあ、もう終わりだ。みんな学校の庇護から世の中へ出て行くのだ……彼が話し終えると、ぼくたちは一人一人、彼とパトリック修道士に感謝を述べに行く。

とうとう帰るときになると胸の痛みのようなものを感じた。大きな部屋から自転車を出し、さんざんサッカーをやった砂の運動場を過ぎ、芝やコンクリートの道を過ぎ、ライラックの並木を走るのもこれが最後。あのコンクリートの道を先生たちは休み時間にいつも話をしながら歩いていたが、一体何を話していたのだろう。

リートリム通りに向いた、十字架を乗せた緑の門をくぐって通るのも、これが最後。街に入るとお店が見えてくる。フリンの店やロウの店。街の時計台があり、兵舎を過ぎ、シャノン川にかかる石の橋を渡り、ウィリー・ウィンターのガレージを過ぎ、街のチーム用のサッカー場の周りの電気を流した柵を過ぎる。

みんな過ぎて行ってしまった。おそらくこれからもこれらの風景を再び見ることはできるだろうが、こうして学校から帰るときに見た日々の風景は戻ってこない。ぼくの人生の一部がそれらとともに過ぎて行ってしまった。終わったのだ。それらの場所の名前を一々挙げることは、死者の名前を挙げていくようなものだ。それらは不思議な愛情と共に心にしっかり刻みつけられる。

しかし、今まで何百回も夕方学校からの帰りに、それらの前を通り過ぎても、注意を払ったことなどなかったのだ。それらがもう戻ってこないのだというときになって初めて、ぼくはそれらが大好きだったことに気がつき、失ったものへの愛情を感じるのだった。だがぼくはそういう愛情のことは考えないようにして、道路わきの並木や家、石切り場の前を自転車で走り抜けた。ぼくが家に戻ると、マホニーはそれまでと同じように、なめるように新聞の最後のページを読んでいた。

「終わったのだな」彼は言った。「で、へまをしたんじゃないだろうな。心配していたぞ」

「ちゃんと教わって、ちゃんと勉強すれば、うまくやれるよ。それほど難しくなかった」

「ちゃんとやり方がわかっていればどんなことも難しくはない。それが分からないから難しいんだ。で、お前はうまくできたと思うんだな」

「そう思う」

「じきに分かることだ。他の者の方が良くできたかどうかもな」

「それはどうかな」ぼくは笑うことができた。心配することはない。賽《さい》は投げられたのだ。今はその目がどう出るかを待つだけだ。それだけだ。

「それはどうかな」マホニーは繰り返した。「確かなのは一番になるのは一人だけだ、ということだ」

「お互いに食い合うってやつだ」赤い紙の新聞を読みながらマホニーはもう上の空だった。会話が消え始めた。

「お互いに食い合うって、誰が食って、誰が食われるんだろう。何を何のために食うんだろう」そう言いながら、笑ったが、その笑いには残忍な気分が混ざっていた。

「食い続け、食われ続けるんだ」マホニーは言った。

「そうだね」

「ともかくお前に幸運あれだ。わしが言いたいのはそれだけだ。お前の力でお前に幸運が来るように」彼はそういう昔からの祈りの言葉を言った。彼は横木にかかった帽子を取った。ぼくは彼が出て行くのを見ていた。

「試験だろうとなんだろうと、まだやらなきゃならん仕事が残ってる」

ぼくはその晩本を集めて片付けた。夜、試験のために奴隷のように苦しんで、たいていは下らないことを頭に詰め込んできたが、すでに忘れ始めていることもある。まだ覚えていることといえばラテン語の詩、その不思議に洗練された言葉、『マクベス』、詩をいくつか、あと数学の問題を解く喜び、俗界から離れた数学の世界の秩序、実数と虚数がお互いに関係を持っていることを証明すること、などだった。それだけだ。他のことはできるだけ早く頭の外に出してしまった方がいい。ぼくは恭《うやうや》しく一冊ずつ片付けていく。ぼくの人生は、ぼくが自転車で街の店を通り過ぎて行ってしまったように、これらの本のページの上を通り過ぎて行ったのだ。本の中にはさまざまな人のいろいろな種類の死が、ありすぎるくらいあったが、それももう終わり。誰の人生も、その人自身と、それを愛するもの以外には重要ではないのだから。

部屋の窓の外では、ぼくが育ってきた畑に石の境界がずっと続いて伸びている。灰色の石灰岩の上の黄色いコケに素晴らしい白い地衣[1]が筋をつけている。夏には緑になる木もある。そして草を食む家畜の群れが、その単調な緑色にアクセントをつけている。

1——菌類と藻類の共生体。樹皮や岩石に着生する。

24

次の日は全く新鮮な気持ちで迎えられた。学校へ行かねばならぬ、という重荷から解放された自由な日。彼は古い作業着を見つけ、マホニーと一緒に畑へ出た。地面に杭を打ち、鉄条網を張って牧草地と畑とを分けた。彼の柔らかい腕は昼過ぎまでには鉛のようになり、夕方には足を引きずって歩くのがやっとだった。手にできた豆の皮を少しでも早く固まらせるために、小便をかけ、それが自然に乾くままにさせた。茶を飲んだあとは、もう起きていることができず、次の日の朝遅くなって、庭でバケツを叩く音で起こされるまで、一回も目を覚まさずに眠りこけた。筋肉が痛くて服を着るときにうめき声をあげてしまう。また外での一日の労働が始まる。

干草作りの季節がやってきた。トラクターのアームにくわえられ震えている草が、向きを変え、ゆすぶられ、熊手のような歯で噛まれて乾いた音をたてて落ちる。トラクターのアームがまた硬い牧草地に置かれる。夜になって露がつき始めると、新しい干草の匂いがあたりを覆い始める。それはうず高く円錐状に積み上げられて行く。その円錐に緑の葉で蓋をし、風で倒れないように地面にしっかりと結んで畑がきれいになった時には、喜びが沸いてきた。

彼らが仕事を終えると家からベーコンを焼く匂いがしてきた。干草や干草くずが髪の毛に絡まったり、服についたりしていた。家に向かって歩きながら心地よい疲労を感じていた。ついに二人は何か実のあることを一緒にやることができたのだ。一日中一緒に努力して来た。そして一日が終わった。疲れ過ぎていて何も考えられず、気にかかることもなく、ただ平和な気分だけがあった。露が降り始めた。熱のせいで地面から空気が白く霧のように昇り、きのこの形をしたブナの木の上に、静かに蒼白い月がかかっていた。

「大きな牧草地に十二個の円錐。岩場には十六。小屋に入りきらないくらいだぞ。周りにもう少し小さな山を作らないといけないかもしれん。今年の冬、牛を飢えさせるには、原子爆弾が必要だろうよ。雪が来たってへっちゃらだ」マホニーは夕方の空気に向けて満足そうに笑った。

「今日は良く働いた」夕方には、日焼けして茶色くなり、豊かで平和な気分に心を動かされ、リンゴの木の下に大きな雑草を見つけても、満足だった。

身体中の筋肉を使い、それが今静まっている。それがうれしかった。彼は健康でたくましく育ち、他のことは何も考えずに、一生懸命仕事をしてきた。

「わしら二人のようにどんどん仕事を進められる奴らはそう多くないぞ。試験が終わってやっとお前も自分を取り戻したな」

ウサギが霧の中から飛び出してきて、立ち止まった。後ろ足だけで立って、耳を立て、片方の前足を曲げていた。彼らがそれを眺めてじっと立っている間、ぼんやりと渦を巻いているような霧が、耳を澄ましているウサギの周りで固まっていくように見えた。

ウサギは激しく身震いしたあと、足を下ろし、どちらに逃げていったらよいか分からないでいるように見えた。

「ほう、ほう、ほう」マホニーが突然叫び声を上げると、ウサギは牧場の天辺あたりにある、霧でぼんやりとしか見えない緑の樫の木の間に飛んで行って姿を消した。

オークポートの方から眠たげな鳩の声が聞こえた。

「森の中には鳩がたくさんいる。すきさえあればキャベツのうまいところをみんな食っちまうのさ。いやな奴らだよ。悪い声をしたカッコーさ」

歩くと草の上にはっきりとした濡れた踏み跡が残った。ベーコンを焼く匂いが強くなってきて、口の中につばが溢れてくる。外の冷たい水で顔や腕、首の後ろを濡らし、さっぱりしてから台所のテーブルに坐る喜び。そのあとにはマットレスと冷たいシーツに包まって寝るという至福の喜びが待っている。

こんなにたくさんの仕事をしたことはなかった。普段なら冬にするフェンスの修理や、藪の根伐りなどもやった。こうして動物的な力を出すことには野性的な喜びがあった。そんなことをした後、夜になれば完全に無意識の眠りが来るのだ。日曜日はチャーリーズ・フィールドでサッカーをやって過ごし、同じようにくたくたに疲れ、頭が何一つ働かなくなるのだった。彼は単に男であった。彼は男の世界にいた。彼は男として生きることもできるのだ。

マホニーが老けてきたのに気がつくと、なんだか不思議な感じがした。仕事の手を休め、干草用の熊手に寄りかかって息を切らしてこんなことを言った。「のんびりやろう。そんなに気張る必要はない。ローマは一日にして成らず、だ」

牛が白癬[1]にかかった。石を敷いた囲いに移され、木製の門に鉄のかんぬきが掛けられた。蹄が石の上で滑り、目は恐怖で大きく見開かれ、ぐるぐる動き回っていた。そういう牛に対処するのは初めてのことだった。彼は牛たちと揉みあうことは別に怖くなかった。彼には十分力があった。彼は牛を近くにおびき寄せた。それから喉の周りに腕を巻きつけると、逃げ出そうとするのを足を踏ん張って押さえ、隅にやり、繊細な鼻の隆起を指で摑み、頭を上に仰向かせ、白目が剝いて口がだらしなく垂れるまで力を入れた。彼がそんな風にして壁に押しつけた牛の膨れた腹を支えている間、マホニーが皮膚の病気の部分に緑のペンキを塗った。

かつては牛を押さえるのはマホニーの仕事だった。息子が突進してくる牛を怖がってペンキとブラシを持ったまま立ちすくんでいる間、自分がこの同じ敷石の上で牛に向かって叫んだり怒鳴ったりしなくてはいけなかったのだ。だからはるかに慎重だった。

「気をつけろ。ちゃんとしてないと怪我をするぞ。鉄砲玉みたいにあの壁にお前を打ちつけて、お前の骨を砕いてしまうぞ。こいつは放っておいたほうが良いかもしれん。ペンキは塗らないで、元気になるチャンスを与えてやった方がいいかもしれん。こいつは力が強すぎる」彼はこう忠告した。

「いや、やってしまった方が良い。ぼくが捕まえたらお父さんはペンキを置いて、壁際に連れて行ける。一旦壁際まで行けば、ぼくは押さえておけるよ」

「でも気をつけろよ、奴は雄牛みたいに力が強いから」

それは捕まえられ、押さえられた。マホニーがペンキを塗った。門が開けられ、傷に緑のペンキを塗られた牛たちはみんな押し合って出て行った。

「二人で一緒にやってできないことは何もないな」マホニーが帰りがけにこう言ったとき、彼の額には汗の玉が光り、体中に疲労の色が見え、目も虚《うつ》ろだった。彼は歳をとった。これがあの汚いブーツや、鞭打ちや、ぶつぶついつまでも続く文句で、冬の日を悪夢に変えてきた、あの同じ人間だとは想像もできないくらいだ。

服を保護するために着ていた古いレインコートを脱ぎ捨てて、彼らは消毒剤のデトールを入れたお湯の入った同じ盥で手と腕を洗った。彼はそこにいる年老いた彼の姿を見て考える。見ているうちに、無関心で冷たい気持ちになり、結局は彼のことを何も理解していないのだと思った。怒りや軽蔑の気分がなくなっていき、そういうものが大した意味を持たなくなっても、結局のところ、人間は自分のことも他の誰のことも理解することなどできないのだ。

1――皮膚病。

25

試験の結果は八月の第一週に届いた。道で郵便配達人を困らせた日々も終わった。

「今日は何か来てない」

声が少し震えていた。本当は気にしているのだが、それが見透かされないように、特別関心もなくただの質問をするように、笑い声を交えて聞いた。

「いや、今日は何も来ていない」上着に緑色の印をつけた郵便配達は、お前の気持ちは分かっているんだ、という軽蔑と優越感を交えたような声でそう言って、自転車で門から去って行った。

彼が手紙を渡してくれた日、彼は「さようなら」も「ありがとう」も他のどんな言葉も言い忘れた。何の手紙かは、開けなくても分かった。消印ははっきりしていたし、第一ベネディクトの筆跡だった。彼はただそれを眺めた。世界がこの小さな数インチ四方の封筒に収斂していった。彼は郵便配達が音を立てて自転車に乗り、去って行ったのにも気がつかなかった。問題はこの手紙の開け方だ。と思うと、それは彼の手の中で激しく震えた。彼はやっとのことで封を開いたが、それだけでどっと疲れてしまい、門に身体を寄せて休まなくてはならなかった。読もうとしたが、手が大きく震えた。彼の目は、まるで一日でその内容を頭に入れようとするように、書かれた文章や得点の上を行ったりきたりした。

身体全体が震えていたので、なかなかはっきり分からなかったが、奨学金を手に入れることができたと書かれていた。神殿でマリアが赤子キリストを奉献している図柄の学校の紋章が、紙の上に青く描かれていた。彼は震えたように笑うと、涙が溢れてきて、また門に寄りかかった。本当のはずはない。彼はもう一度読んだ。

「やったよ、やったよ」と彼はひどく興奮して笑いながら、台所のマホニーのところへかけ込んだ。

「何を」

「奨学金だよ。優等だ、あといろいろ」

マホニーは手紙を摑み、読んだ。

「おお、おお。やったな、お前やったな。たまげたよ」

興奮の質が変わりつつあった。彼は叫びながら、喜びと寛大さが溢れてきて周りの世界に流れて行くようだった。彼はみんなの手を取ってキスをして、ダンスをしたくなった。彼はみんなにプレゼントを買ってやり、いろいろなところに連れて行ってやる。みんな素晴らしい。みんなと喜びを分かち合うのだ。世界は美しく、そこに住む人々もみな美しい。

「お前やったな。これがお前の成績だ。ここらで一番頭の良いのが誰かみんなに見せてやるんだ」マホニーは読みながら大きな声で言った。

「おめでとう」彼はまるで舞台の役者のように、彼と握手した。「お前たちもこっちへ来て兄さんにおめでとうを言うんだ」

みながやって来て彼に握手をし、丸い目で彼を眺め上げた。それで初めて冷静になった。みんな彼を前と違った人物のように見ているが、彼は自分が前と同じだということを知っている。彼はただ幸運な恩寵を受けただけだし、その恩寵が彼のものであると同じように、彼女たちのものになることを望んでいた。しかし彼女たちの目には、彼は違った人物に見え、以前と同じ人間として受け入れることができないのだった。

「これから二人で街へ行こう。今日の仕事は無しだ。こんな日は一生のうちそう何回もあるもんじゃないからな」マホニーは叫んでいた。

彼らは身なりを整えて街に出た。マホニーは途中ずっと喋りっぱなしだった。黙って聞いているしかなかった。洪水のような寛大さが消えていった。彼はマホニーの喜びに一役買ったのであり、自分自身のではなく、マホニーの喜びを祝福しているのだ。彼はだんだん退屈して落ち着かなくなってきた。しかし今日はこんな風に過ぎて行くのだろう。

成り行きに任せよう、成り行きに。そうしてこんなことはできるだけ早く終わらせよう。

「まずお前に必要なのは服と靴だ。もうちょいとしたものだからな。お前にぼろみたいな格好をさせておくわけにもいくまい」

彼らはカーリーの店に行った。冬に履く、あの恐ろしいブーツを売っている店だ。

「何をお探しですか」握手をされ、こう聞かれた。

「この男の衣装一式だ。大学に入って一番になるんだ。最終試験で奨学金と優等を取ったのだ。だからこいつにぼろみたいな格好をさせてはおけないからな。金は問題じゃない。こいつは、わしたちと違って将来大した人物になるんだから」

「おめでとうございます。天才をお迎えできるなんて毎日ある話じゃありませんからね」

彼は赤くなった。恥ずかしさの泥沼にはまり込んでしまい、どこか隠れるところがないかと、かっとなって探した。マホニーに対する嫌悪感がやってきた。黙っていられないのだろうか。黒いスカートとカーディガンの制服を着た三人の売り子が女性服売り場のカウンターのところで微笑んでいた。彼は彼女たちが田舎者丸出しの父親を笑っているのだと思った。

灰色のスーツと、黒い靴、白いシャツとそれに合うワイン色のネクタイを買った。

「今日は鼻高々ですね」主人は父に言った。「こういうお子さんをお育てになられたんですから、当然ですすよね」

「一生懸命やっただけさ。できる限りのことをね」彼の声は小さくなったが、誉め言葉に包まれて嬉しそうだった。

「それだけじゃなかったでしょう。この良き日にわたくしどもからも何かお祝いをさせていただきます」と、彼は茶色の革の手袋を店からのプレゼントだと言って渡した。

「カーリーの店は街で最高だ。欲しいものはみんなここで揃う。街一番の店だよ」

「わたくしどももそうおっしゃって頂けるように、がんばっております。良いお客様には本当に感謝しております」主人は店員の前でこう言って喜ぶと、彼らをドアまで微笑みながら見送った。

「次はこいつが車で父親の服を買いにここに来るのが楽しみだな」マホニーはこう冗談を言いながら振り向いてドアを通って出て行った。あまり熱心に喋っていたので、荷物を持って歩いていた女性にぶつかって、危うく押し倒してしまいそうになった。彼はすっかり現実に戻って、落ちた荷物を拾いながら、婦人が物凄い目つきで睨みつけて彼に文句を言っているのに対して「申し訳ない」と言っていた。

彼は街を一回りさせられ、彼らが顔を知られている店全てに立ち寄った。

フリンの店では、雑誌『アイルランズ・オウン』を買った。

それから金物屋のオローンズの店。

キャシディーの店ではクリスマスやイースターにしか食べない贅沢なオレンジとレーズンまで買った。

「奴らは金は持ってるが、頭はからっぽさ。奴らにはお前のことは大変な驚きさ」彼は買い物の合間にそう言って自慢した。

「カヴァンのオキャロルにはセント・パトリックに行っている息子がいるが、全く何も勉強しないいんだ。本当に根っからの怠け者で、校長がオキャロルを呼んで言ったのさ。『オキャロルさん、息子さんは家に戻された方が良い。ここではどうすることもできません』ってな」彼はその話を詳しく述べ始めた。

「『分かりました』オキャロルはそう言った。『お金は言われただけお支払いします』

『お金の問題じゃない、息子さんの頭は空っぽなんですよ、オキャロルさん』校長はそう言ったんだ。

『頭ですか、何のために頭がいるんです。頭ならあれに買ってやろうじゃありませんか。息子に国で一番の頭を買ってやります。だから学校に置いてやってくださいな』って言ったそうだ」

マホニーは、自分の話に大笑いし、屠殺場のそばの公衆便所で立ち止まった。アーチに向かう道には靴修理の店があり、フォーレイの広場には打ち捨てられた干草用の熊手があって、藁が落ちていた。

家畜の檻がそこら中にあり、ドニゴールからの貨物自動車が安いジャガイモの入った袋を乗せて走っていた。

「金で買えないものが頭だよ。神さまだけがそれを与えてくださるんだ。風に乗って来るもんでもないしな」

彼はいくつか同意の言葉を漏らす以外には何も答えることができない。彼は父親が大騒ぎをするのをどこか冷たく眺めていた。しかし店から店へとこんな風に大騒ぎされて、恐ろしく恥ずかしい気持ちになったが、そこに注目されているのだという喜びが奇妙にも混ざっていた。彼は居心地が悪かったが、それでも賞賛の言葉を浴びて半分くらいは喜んでもいたのだ。

「天狗にならないように気をつけなくてはいかんな。そうなるとせっかくの頭がだめになっちまう。高慢はいかん。いつも冷静でいれば、周りの奴らに、頭がうまく働くところを見せてやれるんだ」

26

ロイヤル・ホテルに行って初めてその日が締めくくられるのだ。それがお祝いのお約束だ。いつの日かきちんとした格好をしてロイヤル・ホテルで食事をするのだ、という夢がついに叶ったのだ。

マホニーは髪の毛をとかし、襟の折り返しを撫で付け、自在ドアを押した。彼は会計のカウンターにいた娘に、不安な気持ちを隠すために高飛車な調子で食堂の場所を聞いた。食堂はイギリスからアロー・トラウトを釣りにやってきた連中や、巡回販売員や、旅の途中の人たちで半分ほど埋まっていた。彼らは隅の引っ込んだ場所か川に面した窓際の席を探したが、空いているところはなかった。やっと見つけたと思った場所は予約席だった。

「先に来た者が、先に坐れるんだろ。ここに垣根でもあるのかね」マホニーはウェイトレスが別の席に彼らを案内していく間、大きな声で不平を言って食堂中の注目を浴びた。

柱の間の席に坐り、マホニーはテーブル越しにメニューを渡して、派手な声で言い放った。

「何でも好きなものを選べ。今日はお前のためだ。大学の奨学金を毎日手に入れることができるわけじゃないからな」彼は大きな声で話したので、食堂中に聞こえ、周りの人々が何だろうという顔を見せ、やがて事情を理解して微笑を浮かべた。

なぜ、どうして彼は静かにしていられないのだろう。なんで人々の注目を集めなくてはいけないんだ。こんなところに来る必要なんて本当にあるのだろうか。こんなところでは物凄く緊張してしまう。どうして、もっと安いところで食事をするとか、あるいは家に帰るとかしないのだろう。かっとするような恥ずかしさと一緒に怒りが湧いてきた。彼は奨学金のことを憎み始めた。街では一日中奨学金という言葉が気分が悪くなるほど彼について回った。ここでもみんなそのことを知っているのではないか。

「何を考えてもいいけど、奨学金の話だけはしないでくれる」最初の直接的な抗議が始まった。

「お前は人が考えていることを気にしすぎなんだ。それがお前の悪いところだ」

「気になんかしていないから、黙ってよ」

「分かった、分かった。しかしそんなに怒る必要はないぞ。今日はお前の日なんだからな」

彼はウェイトレスを呼んだ。彼は気分を害していたので、二人の間にはもはや繋がりもなくなり、妙な雰囲気が漂った。

「店で一番のものを頼む」彼は言った。

「チキンが特によろしいですわ。あるいは鴨などいかがでしょう」彼女は無表情のままだった。彼はメニューで鴨の方が高いことを見ていた。

「鴨だ、鴨を二人前」彼は言った。

「御一緒に何を召し上がりますか」他のものを注文するのは大変だった。

黙ってじっと坐っているのは楽ではなかった。なぜ父はいろいろなことを乱暴に進めて行こうとするのだろう。ウェイトレスの制服を着ているけれど、この娘だって一個の人間なのだ。なぜもっと静かに優しく、彼女の威厳を保たせたまま、自分の欲しいものを注文できないんだろう。そうしたって同じものを食べることができるのに。

「お前も世の中に出てひとかどの人間になろうというのなら、もっと自信を持つことを覚えなくてはいかんな。顔つきでその人間の価値が判断されるのだ。しっかりと立っていなくては。ポケットに金がある限りどこへ行って何を頼んでもビクビクすることはない。わしは恐れてはおらんぞ」彼は彼女が立ち去るとそう言った。

彼は答えなかった。彼の粗暴な決めつけのせいで胸が悪くなってきた。

「あの子だって人間なんだよ」彼はそう言いたかったが、その代わりに窓越しに見える、浅い川の流れが岩に当たるのを眺めた。緑色の長い水草が流れの中で揺れていた。

食事が運ばれてきた。たくさんあるナイフやフォークの使い方が分からなくて困った。学校で外側から使って行くのだと習ってはいたが、もし間違った場所に置いてしまったりしたら、混乱してしまうに違いない。はたからは何と間抜けな田舎者に見えることだろうと思い、怯んでしまう。

彼はマホニーが食べ始めるのを待っていたが、彼もひそかに周りのテーブルを覗いては、人々が何を使っているのかを見て、自分の不安を隠すように冗談を言った。

「ここにある道具を使って、血まみれの鴨どころか、鴨の死骸を製造することもできるかもしれんな。しかしこれは上品な食いもんなんだぞ。ここは西部一のホテルだからな」

マホニーはロイヤル・ホテルで銀の食器と、ソースのかかった料理を前にして、法外な金を払うんだから、楽しくやらなくてはいかんと決めていた。出て行く人もいれば、入ってくる人もいた。食事がゆっくりと進んでいく間に、気楽になり、一種の感傷的な気分がやってきた。

「何年も待って、やっとロイヤル・ホテルに来られたんだ。素晴らしい食事だし、今日はいい日だ。ついに自分たちの街に来たという感じだな。贅沢に祝うこともできた。それだけのことがあったわけだしな」

「おいしい食事だね。連れてきてくれてありがとう」

他の人たちは何の苦労もなく気ままに彼らの家でも、自分たちが味わったことのないこんなパンやお茶を楽しんでいるのだろうという想像をしてしまう。

「いや、いいんだ。お前の日なんだから。わしたちには意見の相違が何年もあったが、そういうことがない家なんてないからな。しかしそんなことはどうでもいい」

「ええ、そんなことは問題じゃないです」

「わしたちはそれでもずっとお互いに愛しあってきたのだからな」

「そうです」

「わしたちは金持ちじゃないが、愛情があるし、険悪な感情があるわけじゃない。それが一番さ。まさにキリスト様が教えて下さっている通りだよ」

「はい。それが一番です」マホニーの言葉の圧力が、彼の気持ちを狂わせて行く。彼の言葉に踏みにじられてしまう。食堂の壁、周りにいる人々、そういうものから逃れて出て行かなくてはと思う。外へ行っても、がらんとした通りがあるだけで、橋の上で深呼吸をして、キーやロッキンガムの方へ行く川の流れを見ることくらいしかできないのかもしれないけれど。

「もう行かない」

「そうだな。勘定しなくちゃな」

彼は立ち上がった。マホニーは仕方なく坐っていた。彼は勘定を払うのは見ずに、ホールの外で待っていた。そこにいると自由な気持ちになれたが、そこを離れて、忙しく商売をしている人々の気配が感じられる通りに、すぐには出て行けなかった。

「いくらぐらいだったと思う」マホニーがやってきた。

「わからないよ」

「考えてみろよ」

彼はわざと安い値段を言ってみると、マホニーが勘定書を彼の手の中に押し込んできた。

「ひどいもんさ、あそこに金がたまるのも不思議じゃないな。銀の食器と、お客様と言われたこと、あとはまるで初めて見せてもらったような川の景色に、金を払ったようなもんだな。あの二人の食事でどれだけのパンが買えるか考えてみろよ」

店はもう閉まっていた。空の光に優しい闇が入りかけていた。パブのブラインドは下りていた。何をしようというのでもない人々が、橋の上に坐っていた。なにやら秘密めかした娘たちが、どこかで夜を過ごすためにめかしこんできていた。田舎から出てきたポマードで髪を固めた若者が、ズボンに裾留めをして角に立っていた。娘たちは絶対に彼らを無視して通り過ぎていくだろう。誰かが酔っ払って騒いでいる。喧嘩や事故があってもおかしくない。

「金はかかったが、ああしなけりゃな。お祝いをしなくちゃ。どんなに出世しても、今日のことは忘れちゃいかん」

彼はまじめな顔つきをしなくてはいけなかったが、ホテルを出たあと気楽になり、笑いたくなった。彼は自分の隣りで自転車を漕いで家に向かう父を眺めた。風に吹かれて、発電機の上に頭を低くかがみこませて押し進んでいる。彼は彼が墓地を過ぎるのを待っていた。

「この坂はひどい。ここに来るといつもいらいらしてくる。ここで死んだ奴がいたと聞いても驚かないね」ここでは誰もがいつも同じことを言うのだ。しかし彼はその古い冗談を聞いて、急に彼と一緒に笑いたくなって、言った。

「素晴らしいよ、父さん」

27

十月にゴールウェイの大学に行くことになった。要綱が送られてきてダブリンのメリオン・スクエアにある事務所に入学金の四ポンドを送った。奨学金は大学の一年間三十週分で百五十ポンドだった。それらは授業料の四十ポンド、住居費として九十ポンド、本代や小遣いには二十ポンドという具合に振り分けられていた。かろうじて生活できるという額に思えた。

九月になってマホニーとの畑での仕事は、トウモロコシの刈り取りと、束ねに変わった。家畜が好んで食べるカラスノエンドウがきれいな黄金色の穂に、ぼさぼさの紫色の花をつけていた。畝に植わったオート麦の見えないところに、イバラやアザミが生えていて、手に傷がついた。境界石に囲まれた畑で働くことで、彼は逞しくなっていった。

「お前は大学で何をやろうと思っているんだ」マホニーが探りを入れてきた。

「まだはっきりしてないんだ」彼は答えることができない。こうして古い服を着て、父親と一緒に畑仕事をしている自分が、あと少しで大学に行くことになるなどということは、現実のこととは思えなかった。実った畑の草木をゆすぶるように吹く風、トウモロコシの束が山になって重なっていく音、それだけが今は現実だと思えた。

ベネディクトが写真師を連れて学校からやって来て、家の玄関脇の壁の前で写真を撮った。『ヘラルド』紙にそれを載せたいと言っていた。

「もうこうなったら鳴りを潜めている訳にもいかないよ。みんなの前に顔を出すべきだ」ベネディクトは言った。

「大学に行こうっていうのに、こいつはまだ何をしたいかさえ分かっていないんですよ」マホニーは不平をもらした。

「それはご心配には及びませんよ。何か考えを持っているはずです。わけも分からず闇雲に飛び込んで行くよりはいいですよ。大学に行くってことは悪いことではないし、何か決める前に自分を良く見て考える時間だってあるわけだし」

「そういうことなんでしょうな。急がばまわれ、ですな。良く聞く言葉ですがね」マホニーが認めたので、まだ決めていないことが許された形になった。遠くに見える薄い色のトウモロコシの束の山の上にいる黒いミヤマガラスや、緑の樫の木から聞こえてくる鳩の鳴き声と共に、畑で働く日々が、今は現実的なものに思えるのだ。

その写真は『奨学金を勝ち取る』という見出しで新聞に出た。その下に書かれた記事には学校の名前が大きく出ていた。家中が大きな興奮に包まれた。マホニーはその新聞を一ダースも買ってきて、郵便で送ったりした。

「みんなびっくりするぞ」

彼は写真よりも、印刷された自分の名前の方を一生懸命に眺めた。こいつの名前はなんというのだ、これはぼくなのか。自分の名前を印刷したり、その新聞を配るために働いている人々のことを考えると、なんだか妙な気がした。たくさんの異なった顔をした人々の目が、たとえばロンドンのような遠くで、彼の名前を見て何を考えるのかを思うと、全く妙な気がする。

彼が出かける月曜日がやってきた。彼は台所でみなにさよならを言った。彼らをここに置いて出て行くのがすまないといった気持ちを出さないでいるのは難しかったが、彼らはそんな風には思っていないようで、自分たちが行かなくてすむのをかえって喜んでいるように見えた。窓の外に、畑や境界石、彼が良く知っている木々が見えた。とうとう出発の時間がやってきた。この家での苦しい泥沼から抜け出したい、いや単にどこかへ行きたいとずっと夢見てきたことが叶う瞬間。しかし実際そのときになってみると、むしろここに留まりたいと思ってしまう。門柱のそばを歩き、赤いペンキが剝げてざらざらになった部分を見ただけで、凄まじいまでにはっきり具体的な記憶がよみがえってくる。その門柱はある晩台所でマホニーが額に汗を噴き出させながら作ったものだ。そして八月のある日、彼がそれを赤く塗り、数日後家畜が入ってこないように、有刺鉄線でそれを囲ったのだった。その門柱を過ぎてここを出て行くのには、ものすごく強い意志が必要だったはずだが、その力がどれほどだったかを意識しないうちに、出てしまった。オーバーとスーツケースを手にして、もう一つのスーツケースはマホニーの自転車に乗せてもらった。

十月の月曜日の朝、彼らはブリッジ・ストリートのデイリーの店の前でバスを待っていた。

「最初に行く場所は分かってるな。プロスペクト・ヒルのリッジ夫人のところだ。ベネディクトがお前の名前を伝えてあるということだから、しばらくはその人が面倒見てくれるだろう。住所は分かった。

「さよなら。気をつけるんだぞ。手紙を書くんだぞ」バスが来るとマホニーは慌しく握手をして言った。

また今日一日のことなどについて話をし、その合間にお互いの姿を眺めた。

彼らはバスの停留所に立って、バスを待つ人たちに混ざった。彼らは周りの人たちの様子について、

「大丈夫です」

てるな」

「さよなら。ありがとう」できれば全てのものに対して、今はそう言いたかった。この別れの瞬間には憎しみの気持ちはなかった。今まで二人とも、たまたまいた別々の場所で、自分のやり方で、全く孤独に時を過ごしてきてしまったのだから、今この時くらいは、相手を誉め称えたり、祝福したりしなければという強い気持ちにかられたのだ。

「さよなら」父親は再び、簡潔に言った。

「さよなら」彼は列に入った。バスに乗り込まなくてはならない。頭の上の網棚にスーツケースを置いてから随分時間が経つのに、バスはかかっているエンジンに車体を揺らしてはいたが、動き出さなかった。別れの言葉は言い尽くしてしまったので、席に着く前にバスの中のあちこちを眺めて時間を潰そうと思ったが、結局外を見るしかなくなった。マホニーが壁にぴったりくっついた姿勢で、明らかに早くここから出て行きたい様子で所在無く、歩いている人々の足元を眺めていた。しかし彼の目を捉えると、窓の方に向かって歩いてきた。彼はバスの振動で揺れている窓を下げた。

「バスは十二時二十分に着く予定だ。二時間もしないうちに、もう向こうだな」

「大体二時間でね」

「気がつかないうちに着くさ。田舎を見ることができるぞ。ゴールウェイの近くには素晴らしいマッシュルーム畑があるぞ」

「ちゃんと見ておくよ。今日がこんないい天気で良かったね」

「整理ができたらすぐに手紙を書くんだぞ」

「今晩書くよ」

エンジンの回転が上がった。ギアが入れられ、排気ガスが地面に吐き出された。車掌が券売器を腰に締めた。

「うまくやれよ」マホニーが手を振った。

「さよなら。今晩手紙を書くからね」

バスは橋を渡った。街を出て行くまで、そこらを歩いた頃のことを思い出しながら、馴染みの店の看板を眺めた。それからバスは田舎道に入り、生垣に囲まれた畑を通った。畑を眺めると言ったっけ。ゴールウェイの近くには素晴らしいマッシュルーム畑があるって言っていたな。

28

「うちは普段学生さんは泊めないことにしてるんだけど、ベネディクト神父さまに頼まれたことだし、あなたに行き倒れなんかされても困るからね。足がかりができて、他の場所が見つかるまで、ここにいていいわ」プロスペクト・ヒルのリッジ夫人は言った。彼女は大柄な、がっしりとした健康的な女性で、白髪を薄く青色に染め、時代遅れの服装をしていたが、何をするにもゆったりとしていて、世の中はきちんと気持ち良くあらねばいけない、という自信に溢れていた。

　彼女はお前を部屋に案内しながらベネディクトのことをあれこれ聞いた。「とても賢くて思慮深く、どこでも好かれていて、もし他にあのような人がいたら、驚きね」階段の茶色のリノリウムの上を歩きながら彼女は誉め称えた。階段の真鍮の手摺は磨かれて光っている。ベッドの脇に一枚の小さな黄色い敷物が置かれている。クリーム色のベッドカバーがかかり、木製のタンスとテーブルと椅子があった。どの部屋にも同じものがあるに違いないが、この部屋にあるものはお前が使うものなのだから、特別な感じがする。廊下はがらんとしていたが清潔で、ワックスと石鹸の匂いがした。トイレの便座の脇の釘に、ジャッファ・オレンジのピンク色の包み紙が下げられていた。彼女が姿を消すと、お前はスーツケースを開けて、それから窓の下の通りを眺める。人々がふわふわと動いているようだった。

食事が下の食堂で出されてから、ドアにシリンダー錠をかけてお前は外に出る。エア広場の緑色の柵に沿って歩く。お前には住む場所がある。奨学金もある。広場の向こうのウルワース[1]の建物はスライゴーにあるのと同じだ。赤いスカーフをした娘が前を歩いている。彼女が動くときの身体の形、腿のところで揺れている籐の買い物バッグに目をひかれ、お前はあとをつけようかと思う。いや、しかし、いつか、いつか、いつの日か、お前は自分だけの娘を手に入れ、素晴らしい世界に入っていくのだから、止めておこう。今は大学だ。それは今日実現した夢ではないか。

道に迷いそうになると人に聞きながら、お前はコリブ川を越えて進む。遠くに見える十月の枯れた葦のそばに、二羽の白鳥がいた。川の流れの上に大きな石が頭を出していた。昔この川を越えてクリフデンまで走っていた廃線の跡もあった。お前は何も考えていない。興奮している。大学を見に行くのだ。

すると舟小屋の木々の向こうに、突然姿が現れた。大きな建物、古い石造物、塔、銅製の緑色をしたドーム。

お前が今まで椅子にしがみついて勉強をしてきた重苦しい日々、永遠に続くかと思われた夜を過ごしてきた目的地がここなのだ。この喜びと神秘に向かって旅をしてきたのだ。その旅の苦しさが脇に追いやられていった。大げさな言葉が、祈りの言葉のように出てきた。汗をたらして勉強してきた夜の全てが今意味を持ってきたのだ。だからといってなぜこんな大げさな言葉が出てくるのだろう。こんな印象や、見当違いの言葉しか出てこないのだろうか。

ゆっくり歩くことなどとてもできなかった。橋の先端に、壊れたガス灯のついた鉄の飾り門があった。石造りの詰め所があり、花壇には菊が咲いていた。アスファルトの道が本館の前まで続いていて、古い栗の並木が、サッカー場とテニスコートの境になっていた。コートの向こうには製材されていない木が積み上げられていた。

ここにやって来て、アスファルトの上に立ち、今まで心で思い描いてきたものを見ているとは、全く不思議だ。お前の人生のどれくらいの時間がここで過ごされるのだろう。もしかしたらここから出て行くことはないのかもしれない。優等生になって、教えることになり、あの栗の木の下を歩く教授になるかもしれない。どの木の太い根っこからもツタが延びていて、石の上に赤く広がっていた。筋の入った大きな鉄の門が開いていた。ガラス張りの緑の掲示板に通知や手紙が貼られていた。お前の家の中で、今まで大学にまでたどり着いたものは、ほかには誰もいないのだ。

いくつかの集団があちこちにできていた。お前はドニゴールから来たという学生と話をした。夜にサヴォイ座で彼と会う約束をした。八時ごろムーンズ・コーナーで彼と落ち合うのだ。

大学を出たあとでお前は街をぶらぶら歩いた。サヴォイ座とムーンズ・コーナーの場所を確認した。通りをせわしなく歩く人々の動きは、潮の満ち干で動く川の水のように激しかった。自分がこの落ち着かない人ごみの中に本当に生きて立っているのだ、ということが頭では分かっているつもりでも不思議だった。スケフィントン・アームズの外で、一人の少年が声を上げて夕刊を売っていた。スパニッシュ・アーチをくぐってクラダー通りを歩いて、海に向かうロング・ウォークに出た。ゴールウェイ湾だ。ロッテルダムからきたトロール船ダン・エンガス号がアラン島に向けての出航を待っていた。船員たちがホースの水で甲板を洗っている。頭の黒いカモメたちが上空をふわふわ飛んでいる。足が疲れ始めた。気がつかないうちに随分歩いてしまった。目を動かして、目に止まるものがあると、ちょっとの間眺める。壊れた魚箱、雑草、海。目録を読みあげているに過ぎない。パブが閉まったあとの遅い時間に一人の酔っ払いがキャリックの時計台の下で『ゴールウェイ湾』[1]を歌っていたのを聴いて、そこはお前が行く大学のある場所なんだ、と思った記憶が急に蘇ってきた。ここへ着いてからまだ何時間も経っていない。夢をずっと持ち続けるのは容易ではない。雑草も、海も、壊れた魚箱も、みなありふれたものだ。しかし、ここは大学のある街。夢などではなくて、海と空がありしかし孤独な具体的な形と名前を持った場所なのだ。お前は八時に、ジョン・オドンネルとムーンズ・コーナーで会わなくてはいけない。とりあえずはそれだ。そうすることで、自分には何か現実的なものを手に入れることのできる可能性など決してなく、ただばらばらな混乱しか手に入れられないのではないかという、妄想じみた考えが、破られるかもしれない。

お前が八時にムーンズ・コーナーに着いたとき、オドンネルはすでにそこで待っていた。にわか雨が降ってきて、通りがランプの光を受けてぬめぬめと黒く光っていた。オドンネルは新聞を見てきていて、サヴォイ座に今素晴らしいカウボーイ物がかかっていると言った。彼は一度ダブリンでそれを見たことがあったがもう一度見てみたいのだと言った。すぐにお前たちは歩調を揃えて歩き始めた。どんな映画でも誰かと一緒に見に行くのは素晴らしいことだった。お前たちはスクリーンに近い安い席を、それぞれ自分の分は自分で払って買った。暗闇の中に入っていったときすでに短い漫画映画が始まっていて、人々はそれに合わせて歌っていた。オドンネルは席に着くか着かないかのうちにそれに加わった。

雪をかぶった
オールド・スモーキーの天辺で（みんなご一緒に）
ぼくは大事な人を失った
打ち明けるのが遅すぎて

オドンネルは自意識など振り捨てたように無心に歌っていた。お前はできなかった。周りの人々もみんな歌っていた。お前は一緒に歌いたかったが、そんなことは考えるだけ無駄。いつもこんな風なのだ。しかしここにいるというだけで素敵だった。これが人生だ。

「ほら、一緒に歌おうよ。トミー・ダンドーとダブリンのロイヤル座でやっぱりこんな風に馬鹿騒ぎをしたっけ」

「ぼくにはできないよ。慣れてないんだ」

すぐにカウボーイ映画が始まったのでほっとした。沈黙が広がり、スクリーンの中の出来事にみな夢中だった。映画の上映中ずっと、強く正しい男と高貴な女性が打算的な男と対決するというストーリーに興奮し、その気持ちをみんなで分かちあっているのだと思い、気分が楽になった。終わって雨

1―アーサー・コラハン作によるポピュラーソング。ゴールウェイ湾の美しさを歌っている。

で濡れた通りに出たあとも、怯まずにいつでも撃てるように拳銃を持った何人ものヒーローが歩いているような気がした。

「何を考えていたんだい」オドンネルが聞いた。

「すごかったね」お前は感動して喉を詰まらせながらやっとのことでそう言った。お前は比べることができるほど映画を見ていなかったので、今のは素晴らしいものだと思った。人が良いと言えばそれが良く、悪いと言えばそれが悪いと、ひそかに思っていただけだった。

「飛び切り面白かったね。このまま家に帰るかい、それともコーヒーでも飲んで行く」

「どっちでもいい。君の好きな方で良いよ」

「それじゃコーヒーにしよう」

ウェイトレスがコーヒーを運んでくると、お前が金を払った。緑のテーブルクロスに置かれたカップもスプーンもみんなプラスチック製だった。

「映画には良く行っていたの」お前はコーヒーをかき回したあと聞いた。

「ダブリンで、日曜の午後はいつも。金があって、女の子でもいれば普通の日にも行ったな。アルバート・カレッジに通っていた頃だよ」

「どこで女の子たちを見つけたの」お前は自分の無知がばれるのを恐れながら、震えるような好奇心で聞いた。

「ダンスパーティーで。日曜の夜はいつもコナーチーズであったんだ。いつも男より女の方が多かったな。ダブリンは女性には最高の街だって言うからね」

「どんな女性たちだった」

「素敵だったよ。看護婦や、キャサル・ブルーガ通りから来た娘とか。マウントジョイ・スクエア近くの安宿に泊まっているんだ。宿のそばのシュウェッパーズ・レーンはなかなかの見ものだったな。コナーチーズのダンスのあとはたくさんのカップルで一杯になってね」

コーヒーを飲みながら、ねたましい気持ちで胸が痛くなった。暗闇でキスしたり触れあったりしているカップルで一杯のシュウェッパーズ・レーン。お互いのどこに手を置いているのだろう。壁に身体をくっつけながら服を脱がせたのだろうか。コナーチーズを抜け出して、オドンネルも女の子の柔らかい肌に身体を押し付けてそこにいたのだろうか。それなのにお前はやったことがない。そういう楽しみはこれからもずっとお前から逃げていくのだ。

「君には女の子がいたの」オドンネルが聞いた。

「いや。ぼくはダンスができないから」一瞬嘘をつこうか、という誘惑にかられたが、お前はそう言う。

「誰もできやしないさ。ただ周りをぐるぐるしているだけさ。女の子を捕まえる場所なんだから。一二度ダンスを見ていればすぐにコツがつかめるさ。木曜の夜にジブスのダンスパーティーに行かないか。そのあとシーポイントにくりこもうぜ」

ジブス・ダンスホールはオーラ・マキシマ[1]の中にある。アーチのところに、間抜け面をしたカップルが踊っているポスターが貼ってあった。

「ぼくにもできると思う」

1——大学構内にある建物の一つ。ホールなどがある。

「もちろんさ」オドンネルは笑って言った。

カフェが閉まり、ムーンズ・コーナーでお前たちは別れた。オドンネルは川を渡って大学に戻らなくてはいけなかった。まだ雨が降っていた。エア・ストリートはランプの光でなくネオンの明かりで照らされていた。歩きながら、濡れた鉄の柵に訳もなく触れ始め、歩道を歩く自分の足音に耳を傾けた。帰りに眠っている街を一人で歩いて戻るはめに陥ったかもしれないが、オドンネルともう少し一緒に歩けば良かった。どんなにつまらないことでも話せる人間が欲しいと強く思ったが、いつの間にかお前はプロスペクト・ヒルに到着した。できればベッドの上に明かりがついた、壁に囲まれたあの部屋ではない別のどこかへ行きたいと思ったが、もう遅すぎる。お前は茶色のリノリウムの床を鳴らしながら、階段を上っていかなくてはならない。電気のスイッチを点けると、明かりでクリーム色のベッドカバーが照らされるのが見えて、お前は怯んでしまう。お前はとうとう大学にたどり着き、今日が街で眠る初めての晩になるのだ。お前はこの同じ夜、別のベッドの中にいるマホニーのことを考え、そして手紙を書くと約束したことなどを思い出す。いくらも時間はかからないだろうし、今書かねば。

お前はガラスを敷いた化粧テーブルの上で、決まり文句を書き始めた。無事到着したこと、部屋もあったこと、街と大学を見たこと、明日登録されること。みんなが元気でいてすぐに返事を書いて欲しいこと。

朝出せるように手紙をきちんと置き、それから物憂げに、ゆっくりと着替えをした。お前はついに大学にやってきた。それなのにいつものように服を脱ぎ、椅子の背中に引っ掛けている。一日の終わりにやるべき事を、同じ決まりきったやり方で、やっているだけのことだ。たとえ何が起きても、どんな日のどんな生活もこのようにして終わるのだ。ただあこがれと夢の中身が変わっただけだ。シーツの角を引いて、お前は跪いてから機械的にここ何ヶ月もやっていなかった就寝の祈りをする。この部屋の中のお前のちっぽけな人生について、この広い部屋は黙っているだけで、それに対してぎょっとした感じを受けてしまうが、習慣的な祈りの言葉や、お前が顔を埋めているシーツの樟脳の匂いで、その気持ちも弱まっていった。

ダブルベッドの中でお前は長いこと眠れずに横になっていた。車が近づきまた去っていく音を聞きながら、何も知らないお前の足が、窓の下のコンクリートの道を、これからどこに向かって行くのだろうかと、わくわくしながら考えていた。

29

一週間も過ぎないうちに、大学に対する夢が少しずつ壊れていった。誰もみな、できる限りの金と保障が欲しいだけなのだ。

「何を勉強しているの」アーチの下の道で掲示を見ながら会話が始まった。

「歯科学だ」

なぜなのだ。

「最高にいいんだよ。歯医者の数は足りないんだ。年に四千ポンドは稼げる。最初いろいろ揃えるのに金がかかりすぎるのが良くないが、その後はいくらでも現金が入ってくるからね」

君は歯に夢中になれるのかい。

「いや、どんなことも長くやっていれば面白くなってくるものさ。それにたくさん金が稼げれば十分埋め合わせがつくしね。年がら年中金のためにあくせくしてると、幸せな時間がなくなってしまうぜ」

金を稼ぐ夢というのがあるから、働き続けるのだろう。車やゴルフクラブを選び、郊外の家を買い、夏になればどこの海岸でも一流のホテルに泊まる。ブランデーと、きれいな服を着た肉体。

「保障です。保障。誰もが安全な保障を求めている。金縁の安全が得られるのは天国だけなんです」

ブル・リーガン師がキャリックの毎年の修養会で机を叩きながら言っていた。

大学が始まった。お前は学長の挨拶を聞いた。白髪のモンシニョル[1]で、大学の理想についてゲール語で引用をたくさん交えて話したが、誰もその話にはついていけなかった。

授業も始まったが、まだお前は何を専攻するか決められない。お前はこちらの講義からあちらの講義へと、ふらふらと出席した。じきに決めなくてはならないだろう。

「科学者連合は一九六八年までには現在の深刻な科学者不足が今の倍になってしまうだろうと予測している。それに水準も上がってきている。昨年三十二人のクラスから理学士になったのはわずか十四人に過ぎなかった。君たちは一生懸命に勉強する覚悟をしなくてはならない。ここは浮ついた人間が来る場所ではないのだ。しかし、資格が与えられれば、良い報酬が与えられる地位が約束されるのだ」

お前が途中で出て行っても、教授は全く気にしていないようだった。彼の身振りも、身体も、顔も、服もお前のことを気にしていない。彼は彼が話をしていた通りの人物なのだ。これが大学なのだ。緑の樫の木の並木が境界になっている。遠くにはゴールウェイ湾がある。この世の中の誰もが独自な人間になるために作られている。

1――カトリックの高位聖職者に対する敬称。

「君たち英語を勉強している者のほとんどは、もし家に財産がなければ、せいぜい教員になるのがいいところだろうね。もちろんそれなりの報酬は与えられる。ただ多くの報酬を得られるものの数は限られるとは思うがね。もし君たちの中に文学方面の野心を持っているものがいたら、大学に留まるより、文学が生まれるのにもっとふさわしい場所、木賃宿とか監獄に行ったほうがいいことは明らかだしね」そしてそのあとは、彼が教室を出たり入ったりするたびに目に入ってくる、校内をぶらぶら歩く学生たちの美的でない姿ほど自分の気に障るものはない、というようなことを続けて喋っていた。

彼はあとで学生たちに馬鹿にされていた。彼はたった一つの野心だけを抱いて、ダブリンからここまで三時間車を飛ばしてやってきたのだが、もうすでに彼の夢は破れてしまっているのだ、とみなが話しているのをお前は外で聞いた。

本当に愛情を持って自分の科目について語るものは一人か二人しかいなかった。彼らの発する静かな熱気がこちらに伝わってきた。植物学の教室の一人の白髪頭のか細い女性、話しながらついてもいないチョークの粉をガウンから払い落とし続けていた数学のクラスの、彼女より若い男。彼らはある意味で美しく若々しく、お前は彼らと一緒に学びたいような気になったが、彼らの元からも去った。

あちこちの教室に行くうちに、お前の疑いは大きくなっていった。見れば見るほど、ここに留まりたい気持ちがどんどん小さくなってきた。しかし去っていくよりも、留まっている方が楽だった。ここにいたら夢は消えて行き、ほとんどは講義のための辛い勉強ばかりになり、夜になれば前の年と同じように試験のために部屋に缶詰になってガリ勉をすることになるということがはっきりしていた。ＥＳＢの結果がまだ発表されないので、お前は家に戻りながら四時ごろエグリントン通りをぶらぶら歩いた。ＥＳＢで職を貰えるかどうかは、この間の試験の結果にかかっている。お前は奨学金を貰ってここに来るために高得点を取っていたのだからＥＳＢにも高い点で行けるはずだ。もし大学に留まるなら、今週の末までには何らかのコースを選ばなくてはいけないだろう。あれこれ迷っているにも限度がある。お前は科学に進むことになるだろうと思っている。医学は授業料が高すぎる。六年間の勉強というのも長すぎる。科学なら三年だ。最後には仕事も確実にある。しかし、もし落第したり、病気になったり、奨学金を貰う資格を失ったりということになったら、と考えると、絶望的な恐怖感に襲われる。もしそんなことになったらマホニーに救いの手を伸ばさなくてはならないのか、と思うと身震いがしてくる。

その晩はオーラ・マキシマのジブスでのダンスの晩だった。新しいポスターがアーチの道に貼られていて、お前はオドンネルと九時に中で会うことにしていた。

支度には一時間以上かかった。身体を洗い、ひげを剃り、スーツケースからきれいな白いシャツとカラーを出し、靴を磨き、スーツについたゴミを全て払い、ブリルクリーム[1]で髪を整え、鏡の前でワイン色のネクタイを苦労して何度も締めなおした。緊張のあまり下痢をした。

バンド、音楽、ダンス、女性、それらは一体どんなものなのだろう。お前はそこの女性たちから軽蔑されるのではないだろうか。

お前はダンスができないから。

お前は十分きちんとして見えるだろうか。彼女たちはお前のことを激しい嫌悪感で見つめるのではないだろうか。

1――イギリスのビーチャム社製のヘアクリーム。

お前は見ているだけで、ダンスのステップやリズムを覚えることができるのだろうか。

お前は女の子にダンスして下さいと言える勇気があるだろうか。

ダンスができないからフロアで女の子の足を踏んでしまって「ごめんなさい。ぼくは踊れないんです。今覚えているところなんです」と言うと、彼女は途中で「あら、それならあなたはやっぱりダンスを覚えている途中の子をお探しになった方が良いわね」と言いながら去っていくのだろうか。あるいはお前は石のような沈黙に耐えながら、ダンスを続けるのだろうか。

女の子とどんなことを話すのだろう。

白くて柔らかいむき出しの腕の誘惑に耐えられるだろうか。彼女が髪の毛を近づけてくるとき、また彼女が身体をお前の身体に押し付けようとするときの衣擦れの音や、ヘアスプレーの匂いに自制心を失わずにいられるだろうか。

お前はご婦人が相手を選ぶ時間のときに、ダンスホールでただ一人のけ者になってしまうのではないだろうか。そんなことを考えると怯んでしまう。そこにいる全ての女性が、さりげなくお前を検分したあとで、お前を拒否する。彼女たちはお前の隣りにいる男を気に入り、その男が雪のようにめろめろに溶けて行く間、お前を拒否する笑いがホール中に広がっていくのをお前はただ立って見ているだけ。どの女性もお前に鼻も引っかけないのだ。まるでダンスをしている全てのカップルがお前の人生をばらばらにしているようだ。お前はこそこそと柱の影に隠れ、ばらばらにされたお前の人生が、くるくるとダンスをしながら消え去っていくのを見ているだけなのだ。

「ダンスに出かけるぞ」お前が下に降りて行くと、何人かの声が聞こえる。

「ダンスに出かけるぞ」お前は繰り返して、表情を少し硬くして微笑む。

「今晩女の子たちはみんなお前のところに集まっていくぜ、でも俺たちがしないことはするなよ」

「ああ。さあ行こう」

「さあ行こう」という言葉に笑いが混ざっていた。からかわれているような気がする。

丘を下ってエア・スクエアに出、夜の冷たさに頬を熱くしながらムーンズ・コーナーを過ぎて、エグリントン通りに出る。九時を少し過ぎていて、お前の初めてのダンスが一歩一歩近づいてくる。お前はみんなが反対の方へ行ってくれれば良いのにと思う。通りをこのままうろついている方がずっと気楽だが、お前は九時に楽団のそばでオドンネルに会う約束をしてしまっていたし、もう九時を過ぎていた。気持ちが沈んでいくのを感じながら、運河に架かるウィア・ブリッジを渡る。背の高い監獄の壁が続き、緑の樫の木の下の歩道はユニヴァーシティー・ロードに続いている。大学の建物にはみな明かりがついていて、確かに音楽が聞こえてきた。お前は速度を緩め、引き返せればいいのに、と思いながら目を閉じた。

詰め所の小屋の脇の門の中で、ちょっとした騒動があった。お前は通りの反対側に渡り、遅れる言い訳ができたことを喜んだ。こめかみの辺りで血管がどくどくと波打っていた。一晩中便器に坐っているような感じ。手も震えてきた。

「落ち着くんだ、落ち着くんだ。別にこの世の終わりというわけじゃない。明日の朝になれば、みんな忘れてしまうことなんだ」と思っても、何にもならなかった。

「直面することができないのだ」神経が震えた。

「もし今晩ダンスに行けなかったら、次はもっと大変だぞ。もう決して行けなくなるんだ。お前は当たり前の人生の楽しみを決して享受できないし、普通の満足感すら得られないのだ。変人として一生を送ることになるのだ。

「駄目だ、駄目だ。ぼくには立ち向かえない。気分が悪い。別の晩なら大丈夫かもしれない」

お前は歩道の反対側の門のそばに行ってやっと落ち着くことができた。もしお前が馬鹿げた一人芝居を止めていれば、門の中の物音がなんであるか分かったはずだ。詰め所の明かりの届かない栗の木の下に、何人かの学生がいたのだ。大学のスカーフをした娘たちが通りすぎた。中庭の中から叫び声があがって、フォックストロットがまた始まった。娘たちが平静を保っていると、叫び声が収まり言葉がはっきりと聞き取れた。

今夜は狂って、ねえ君
ああ、母さん、ぼくは今日罪を犯すんだ、
みんな脱いで、ねえ君、みんな脱いで
踊るんだ、母さん、踊るんだ。

娘たちが正面入り口に続く私道に急いで走って行ったとき、あざけるようなほえ声がまた上がって、歌詞は聞き取れなくなった。

男の学生が一人、門を通って行ったとき、同じようなことが木の下で始まったが、その学生は何も気にしていなかった。彼は一定の歩調を崩さずに、ただ私道を歩き続けた。そうするのが騒ぎをやり過ごす良い方法だが、お前は絶対にそういう風に進んで行けない。仮に彼らがいなかったとしても、そこが楽な出口であったとしてもだ。お前は歩道に立ち、目を凝らし耳を澄ませた。すぐそばの中庭から聞こえてくる音楽が、お前もラジオの番組で聞き覚えのある速いステップのものに変わった。

ダンスフロアの妄想が襲ってきて、またお前を悩ませ始める。女性のむき出しの肩、喉に当たる装飾品の輝き、香水、マスカラ、唇の赤い色、腿をぐいと押すときの絹やタフタの立てる音、手に入れることのできない彼女たちの高く結《ゆ》った頭、などが浮かんでは消えた。お前は詰め所の門の外の歩道に立っている。

この夢を追うためにお前は聖職者になるための厳格で確固たる道を捨てたのだろう。だが、その道を歩く必要がもうないのだと思うと、おかしなことにそれは魅力的な道だったのではないかという気がしてくる。お前はこの官能の世界で魂を失う準備はできていたのに、最初の目くるめくようなキスをするところまで唇を持って行くことができないでいるのだ。魂を失うことはそれを救うことと同じくらい難しい。と、はっきり心の中では分かっているのだが。

部屋にこそこそ逃げ帰るところを見られたりしたらそれこそ恥なので、お前は向きを変えて部屋に戻ることもできずに、街の方へ進んだ。みなが寝てしまうまで、あるいはダンスが終わるまで、どこかで時間を潰さねばならなかった。

お前は歩いた。そうすると感情が静まり、どうにか少しは冷静さが戻ってきた。網の目のような運河に沿って歩く。侵食してきた葦の草むらと、橋のたもとの製粉機の間に星が光っているが、明かりの下では星はあまり見えない。お前の人生も、他人の人生も奇妙なものに思えてくる。

ショップ・ストリートのカフェで何杯もコーヒーを飲んで、お前はその夜の最後を過ごす。前は、ここでサヴォイ座の帰りにオドンネルと過ごしたが、今晩オドンネルはダンスをしているのだ。

お前は年取ったウェイトレスを羨ましく思う。彼女は自分がしていること全てに対して関心がないように見えた。彼女のより、もっと悪い人生もたくさんあるのだ。一日中彼女は自在ドアを開けて店に入ってくる不特定の客に給仕し、一日の終わりには足が棒になり、自分の部屋に帰って寝ることだけが望みなのだろう。いや、そんなに単純なものではないかもしれない。おそらく何だってそう単純ではないだろう。カフェが閉まって、椅子が机の上に積み上げられると、お前はプロスペクト・ヒルに戻って行く。十二時を過ぎていて、おそらくダンスも終わっているはずだ。この時間になれば、誰かに見られても、ダンスのことを聞かれても、別にどうということはないだろう。みんなに、できるだけはっきりと本当のことを言いたいような気もしている。そうすれば今までの気分の埋め合わせができるかもしれない。

次の日の朝、下に行くとお前に二通の手紙が来ていた。一通はマホニーから、もう一通はダブリンの消印のある、宛名がタイプされ転送されたものだった。封筒をちぎって開いてみると、ＥＳＢからのものだった。月曜日にダブリンまで健康診査に来るように、それを通れば、すぐにでも住み込みで働くことができる、と書かれていた。

天気の良い朝に、ダブリンの通りを歩いて仕事に出かけていくのも楽しいだろう。週の終わりには給料を貰い、マホニーから独立して自由になれる。日曜日の午後にはクローク・パーク[1]へ行くこともできるし、自由な生活だ。一日中机に縛られるというのが、一番辛いところだが、それで金と自由が手に入るのだから仕方がない。ここで大学の三年間を過ごすというのは、絶えず病気になるのではないかとか、試験で落第したらどうするなどと恐れながら、下らぬことを頭に叩き込むということだろう。マホニーのところに挫折して帰るわけにはいかない。

今朝、雨の中プロスペクト・ヒルを出て、エア・スクエアを通り過ぎるのは変な気分だった。今日が最後の日になるのか、あるいはこれからの三年間の最初の日になるのか。お前は今夜には結論を出さなくてはいけない。ぶらぶら過ごすのはこれで終わり。どちらかに決めなくてはいけない。選択しなくてはいけないのだ。

無関心な気持ちで、お前は雨の中で妙に光って見えるゴールポストや、緑色をしたタマネギ形のドームや、その日の最初の授業の様子を眺めた。夕方になるまでにお前はここに留まるのか、出て行くのか気持ちを固めなくてはいけない。しかし、ある馬鹿馬鹿しい出来事が起こったためにお前の超然とした気持ちが消えて現実にひき戻された。

物理の大講堂は学生で一杯だった。座席は階段状に上まで続いていて、講義が始まるのを待っていた学生たちが大声を出したり、いらいらし始めたりしていた。そのとき白衣を着た助手が実験の道具を持って現れた。学生たちのいらいらはこの小柄な助手に向けられた。大声ではやし立て、足を床に踏み下ろして音を立て、教授が赤い顔をして怒って入ってきたときには、大講堂はサッカー場のような騒ぎになっていた。

すぐに重苦しい沈黙がやってきた。

「わたしの講義で、このような大騒ぎをされることは我慢ならない。今だけじゃない、いつでもだ」眼鏡をかけた小柄な教授は雷を落とした。足を少しでも動かすような学生はいなかった。

叫び声が、急に重苦しい沈黙に変わったのが、奇妙な感じだ。眼鏡をかけた小柄な男としては怒り過ぎのような感じがした。黙っている学生の何人かが、その気になれば教授をつかんで窓の外に放り

1──ダブリン北部にあるハーリング場。

投げることだってできるかもしれない。

「わたしの講義での大騒ぎを黙認することはできない」アイルランド語で物理を教えることになっていた小柄な教授、前の講義のときに、自分はかつてドイツ語で講義を聴いたことがあったが、一旦その外国語の最初の難関を克服してしまえば、あとは大変ではなかった、だから君たちがアイルランド語で講義を聴くことができないなどという理由はないはずだ、と語っていたあの教授が、まだ教壇から叫んでいる。急に滑稽な感じがしてきた。教授の口から出るには大げさすぎる大騒ぎという言葉、ほんの少し前まで吼えていた学生たちが、今では彼の前で猫に睨まれたネズミのようになっているのを見て、お前は笑ってしまうという過ちを犯してしまった。

「君、出て行きたまえ」彼は指さした。

お前の隣りの誰かが立ち上がった。

「違う、君じゃない。君の左の紳士だ」

そんなことはありえない。お前は突然うろたえる。立ち上がったが、それでもまだ他の誰かかもしれないという期待を持っていた。

「君の名前は」

うろたえていて眩暈《めまい》がして、周りで起きていることが現実ではないような気がしてきて、お前はほとんど答えることもできない。みんながお前を見つめているに違いない。お前は教授が来る前からずっと静かだった。なのになぜ、あんな風に呪われた微笑を浮かべなくてはいけなかったのだろう。

「出て行きたまえ。どんなときもわたしの講義で、こんな大騒ぎを容認することはできないのだ、今だけじゃない、いつだってだ」

ぎこちなくお前は席を立つと、近くの学生が道を開け、お前は進んで行く気力もなく、木製の階段に一人立ち、学生の固まりが、お前が出て行くのを眺めている視線を感じ、恥ずかしさと衝撃で一杯になりながら、出て行った。扉から出るとき、お前はほとんど泣き出しそうになる。あまりにも短い間に事が進んで行ったのでよく把握できなかった。あまりに急な衝撃だった。お前は雨の中、中庭に呆然と立っていた。

「尊大なちび野郎が、口の中を大騒ぎという言葉で一杯にして」とは思っても、なぜお前は大勢の目の前であんな恥辱を受け、不幸にならねばいけなかったのだろう。濡れたアスファルトの道を、お前はカタツムリのようにゆっくりとアーチの方に進み、起きてしまったことを思い返して辿ってみた。そうすると、アーチに向かう間、何度も何度も、どっと恥ずかしい気持ちに襲われた。

「何か具合の悪いことでも」一人の上級生がアーチの近くで近寄ってきた。

「教授が物理の部屋からぼくを追い出したんです」話すと気持ちが楽になった。

「ブラディーかい」

「はい」

「あいつは毎年最初にそういうことをするんだ。何で君を追い出したんだい」

「彼が入ってきたときにみんな大騒ぎしていて、みんなが静かになったあとでぼくが笑ったか何かしたんだと思います。大騒ぎには加わっていなかったんです」お前は全部を打ち明けることができないが、言わねばいけないと強く感じた。

「あいつ、君の名前を聞いたかい」

「ええ。でも聞くと聞かないで何か違いがあるんですか」

「君は彼にまた戻してくださいと謝りに行かなくちゃいけないな」

「そんなに深刻なことですか」

「ブラディーはいつも年度の初めに誰かを追い出すんだよ」

「今までの人は戻れたんですか」

「ああ。気をつけなくてはいけないのは、彼がまた君を追い出さないようにすることだよ。もし今度彼が君にナイフを抜いたら、もう終わりだからね」

「いつ謝りに行けばいいでしょう」

「講義の合間に。しかし、もしぼくが君なら、明日までそのままにしておくね。大丈夫、戻してくれるよ。毎年そうなんだから」

お前はアスファルトの道を下って歩く。あの呪われたブラディーの講義は、お前の右手で今行われているのだろう。緑の樫の木から雨の雫が垂れているユニヴァーシティー・ロード沿いを歩く。道のタールが雨で光っている。目の前に街が見える。家々の煙突の煙が雨に混ざって行く。お前は気持ちを固めなくてはいけない。ブラディーのところに謝りに行って、ここでの詰め込みの四年間に向かっていくか、それともダブリンで職に就くか。お前を動かすのはブラディーではない。そうする価値があるのならブラディーのところに行ってぺこぺこすれば良い。そうしないのは愚か者だけだ。ブラディーにぺこぺこし、その後でもしチャンスがあれば、嚙みつくこともできるだろう。しかし多分さいころはお前がここを出て行く方に転がっているのだろう。もしここで何かが起きたら、頼りになるのはマホニー以外にはいないのだ。それなら出て行く方が良いし、出るなら早い方がいい。そうマホニーに知らせた方がいい。

ムーンズ・コーナーの近くの郵便局で、お前は頼信紙を何枚も無駄にして、やっとのことで満足のできる文章ができた。

ＥＳＢニシタイ。ダイガクヤメル。ドウイマツ。

局の人は二時間くらいで届くだろうとカウンター越しに言った。

30

マホニーが次の朝やってきた。芝居をしているように興奮していた。重要な決断を下さねばならないのだ。彼は最後までその芝居の主役を演じるつもりだろう。

「止めたいって」

「ええ」

「それじゃ、よく考えなくてはならん。今せっかちに決めると一生後悔するかもしれない。よく話し合おう。何か助言があれば聞いてみよう。大慌てで急ぐのは馬鹿者だけだ」

父はスーツケースを持っていた。彼と一緒にエア・スクエアを歩くのは不思議で奇妙な感じだった。この年寄りは父親なんかでは全くないのかもしれないというような感じ。子供たちが緑の柵の外で、**イーナ、ミーナ、ミナ、モー、クロンボの足の指を捕まえろ**[1]、と歌っていた。

「お前は医者になりたいんだと思っていたよ」

「いや、長すぎるんです。奨学金は四年間しか貰えないし、授業料も高すぎます。奨学金では無理です」

「それは良く考えんとな」偉そうな感じが消え、もはや芝居をしている場合ではない。金を出さなくてはいけなくなるかもしれなかったからだ。

「ESBに行けば、すぐに金を稼ぐことができるよ」お前はもう随分前からどういう理屈をつければ効果的かを学んでいた。自分の都合ではなく、マホニーの気持ちに最も触れる理由を言えば良いのだ。

「いろんなことを考えてみないといかんな。わしは電報を受け取ってすぐベネディクト神父のところへ行ったんだ。どんなことがあっても、お前を止めさせてはいかんと言っておった。大学に行けばお前の前途は洋々たるものだが、仕事に就いたらお前は駄目になってしまうってな。それは一つの意見だ。わしらは全てのことを考えて検討しなくてはいかん。そして後で後悔しないように、一番良い決断をすることだ」

彼は話を遮られることを嫌がった。声の調子を上げて、身振りも激しくしながら、お前がすでに決めているのだと話そうとするのを遮った。お前はESBに行くことを選んでいた。それは自分で決めたことだ。

「しかし何はさておき、まずめしだ。腹ペコではちゃんと考えることもできないからな。胃袋が満たされれば、どっちに行けばいいかわかろうというもんだ」

下の食堂で食事をしながら彼は周りの人間に話し出した。

1―叫んだら離してやろう、と続く子供の遊びで鬼を決めるときの歌。イーナ、ミーナ……は「ひい、ふう、みい、よう」という数を勘定するはやし言葉。

「わしのこの坊主ですがね、大学を止めてESBに行こうと言ってるんですよ。それでわしは困ってるんだ。どういう風に助言していいのか、難しいですな」

「きちんとした仕事に就けるってのは大したものですよ。大学に行ったって無駄に時間を過ごしてしまうかもしれませんしね。人のあとにくっついてばかりでろくでもないことをしでかすかもしれないし。わたしの見るところ、ここの大学を卒業するときに、酒とダンスしか覚えなかったんじゃないかなんていうのがいますからね」鼻眼鏡をかけツイードのスーツを着た、鉄道の駅にあるグッドの店で働く小柄な男が言った。

「ESBは政府の仕事と同じですからね。絶対つぶれませんよ。給料はきちんと支払われるし、毎年昇給はあるし、昇進のチャンスもあるし、年金だって出ますものね。落ち着いてじきに家を持つこともできるでしょうしね」というのがリッジ夫人の言葉だった。

「それには賛成できませんね。若いんだし、安心第一なんて考えるような歳じゃない、まだまだ悩む時間はありますよ。これくらいの歳ならチャンスを摑むべきです。それが一番面白いことですからね」明らかに自分の今の職に満足していない様子の若い警察官がそう言って反対した。

「結局は自分で決めることでしょう。わしは邪魔はせんつもりですよ。あとになってわしを責めたりすることは絶対ないでしょうよ」マホニーは注目され、赤くなって言った。

お前は冷たい怒りを外に出さぬようにしてマホニーを眺めた。お前は何日もこの食堂に通っていたが、周りの人たちはお前に関して今までに知ったよりも多くのことを、この三十分くらいで知ることになったのだ。みなが偉そうにしているこの部屋の雰囲気と、タバコの煙と一緒に吐き出される彼らの知恵、そんなものは全くおぞましい。彼らが喋っているのは他ならぬお前の人生のことなのだ。しかし、じきにそれも終わるだろう。

「わしは明日までいたいんですが、今晩の食事もお願いできますか」マホニーは食事のあとで聞いた。

「食事はお作りしますが、お部屋はないんですよ。下にあなたのベッドを用意するか、あるいは一晩だけなので、ダブルベッドだったら二人でも大丈夫と思いますけれど。お気になされなければ、ですけれど」リッジ夫人が言った。

「全然構いませんよ。わしらはそれで大丈夫です。これで全て決まりだ。ご親切にありがとうございます、リッジさん。

良かったな。夜のことはこれで大丈夫。お前も気楽になっただろうが、神父さんに相談するのが一番良いとわしは思っているのだ。ゴールウェイのフランシスコ修道会はとても有名なんだ。とっても穏やかな人たちで、普通の人と変わらない」マホニーは通りに出て二人だけになるとすぐに言った。

「修道士というのはどちらの世界も見えるところにいるようなもんだから、どっちが良いかが分かるだろう。そこに行って、荷物を置けば、悪い助言をされることはないと思うがな」

「分かった、そうしよう」危険覚悟で大学に留まった方が良いというような話が始まったら、すぐに終わりにさせればいい。だがたとえ生活の保障はあっても、ダブリンの事務所の机に縛り付けられる生活は、安楽なものとはとても言えないかもしれない。そう思うと、こんな決心をしてしまったのが空恐ろしいことに思えてくる。

「助言を受けるのなら、大学の学生監の誰かのところに行くのが一番良いと思う。学生の世話をするのが仕事なんだから。そういう問題ならばフランシスコ修道会士よりも良く分かると思うよ」

「それもいいだろうさ。ただし彼が神父ならな」マホニーは同意した。

お前たち二人、父親と息子は街を歩く。大学からやってくる学生と顔をあわせるとお前は父親のことをきまり悪く思い、そう思うことに自己嫌悪を感じる。恥ずかしさを感じる理由は、自分の個性が実はこの父親と結びついているのだ、ということなのだ。他に怒りをおぼえるようなわけはない。お前は背後に何もない真っ白なところに一人だけで全く自由に存在しているのではなく、この父親と深くつながれて、結びついているのだ。

「で、ここが大学なのか」マホニーは感心した。「お城みたいじゃないか。職人がいたとしても、今こんな建物を建てるのには、どえらい金がかかるだろうな」

お前は大学を眺める。夢の屠殺場。お前は理学士になるためにガリ勉するのか、あるいはＥＳＢに行くためにここを去っていくのだろうかと考えながら、このアーチ道を過ぎ、運河に沿って、スパニッシュ・アーチを抜け、ロング・ウォークを海に向かって歩くことはもうないのだ。学生監は待たせずにお前たちを部屋に招き入れた。彼は背の高いやせた男で、冷たく鋭い目をなかなか合わせようとしなかった。

「ぼくはここの学生です。奨学金を貰っています。それに、ぼくはＥＳＢにも受かって事務職の地位を与えられました。父はあなたならどうするべきか助言して下さると思っています」お前はできるだけそのままを伝えようとして、ぎこちなく、馬鹿みたいに口ごもりながら言った。

「その通りです、神父さま」マホニーが余計なことを言わなかったのでほっとした。

「君は自分ではどちらに進みたいんだね」神父は穏やかに探りを入れてきた。

「分からないんです、神父さま」

「何を専攻するつもりだったのかね」

「科学、と思っていました、神父さま」

「もはや強い興味が失われてしまったのかね」

「いいえ、違います、神父さま。大学を出たあとで就職するのはそんなに難しくはないと思っています。で、最初は医学部を望んでいたのですが、それだと長すぎるんです。奨学金は四年間だけですし」

「大学に留まることについて、どう思っているのかね」

「分かりません、神父さま。自分が考えていたようなところではないのかな、という気もしています」

お前はお前たち二人が神父の目にはみすぼらしく、情けなく見えているのだと思った。

「もし君が奨学生ならば、大学でうまくやっていけると思う。もしそうなら大学を出ればＥＳＢよりももっと良い仕事に就くこともできるだろう。だから君は留まるべきだと思うよ」彼の言葉に冷たい水を浴びせられたような衝撃を受けた。彼は助言をするにはあまりに賢すぎるのだ。いわば彼は手袋を脱ぎ捨て、お前がそれを拾って挑戦を受けて立つかどうかを試したのだ。そしてお前がそれを拾わないこともわかっていたのだ。そしてお前は彼の計算された質問、あるいは攻撃が良く分かったので、憤りが湧いてきた。

「ぼくは病気になったり、落第したりするかもしれないのが恐ろしいんです。家にはぼくの他にもたくさんの妹たちもいることですし、神父さま」この言葉は実際は説得力のあるものではなかったが、そのように聞こえた。

「落第が怖いって」

「はい、神父さま」

「ＥＳＢならその心配はないだろうね」神父はお前の顔をまっすぐに見つめ、お前は彼の意図が分かり、そのために彼を憎んだ。学生監はお前に自分で決めろと迫っていたのだ。

「ええ、その心配はありません」

「それでは、君はＥＳＢに行くべきだと思う。それならば」彼の声に軽蔑したような響きがあった。お前とマホニーは決して人に命令を与えるような人間ではなく、学生監が生まれ、そして今も属している世界の住人のための卑しい奉公人にすぎないのだ。せいぜい学校の先生になれればいいところ。お前たちは使い道はあるのだが、二人とも彼の下働きであり、同じテーブルで食事をすることなどできないのだ。

マホニーの横で、雨で灰色に光っているゴールポストを見ながら、敗北したという、とても不快な気持ちになり、その気持ちを激しく外に出さずに、静かに歩いて大学を出て行くのは辛かった。

辛い気持ちは長くは続かず、雨の中、通りを歩きながら、怒りと空しさが次第にお前の中でくすぶってきた。誰に、いや何にお前を敗北させる権利があるのだ。お前に敗北感を味わわせる何の権利があるのだ。誰がそんなことを決めるのだ。

いつの日か、いつの日か、お前はこんなものではなく、本当の権威にたどり着くだろう。巨大な建物も、専門家の椅子も、法衣も、荘重なオルガンの響きも、何も必要としない権威にだ。単に精神の状態としての権威、自分が死ぬときにも混乱しないで平静でいられる状態になるのだ。

お前はＥＳＢに行けばいいのだ。そこが駄目だったらまた止めればいい。そんなことは構わない。一生の間何度も何度もやり直すことができるのだ。誰だって人生のゴールが決められているわけじゃない。

お前はゴールウェイの雨の中を、父親と一緒に歩いている。初めて苦い気持ちなしで純粋に笑うことができる。一種の幸せを感じていた。しかし、解放されたという曖昧な現状認識に対する恐れのようなものが、陳腐な決まり文句だが、この日の雨に濡れた落葉のように、不吉な予感として心に貼りついていた。

31

プロスペクト・ヒルの寝室で服を脱ぐ前にロザリオの祈りをした。マホニーが服を脱いで、下着姿になるのを見ると、気味が悪くて身体がすくんでしまう。猥褻な感じの黄色い染みが付いた下着は膝までを隠し、そこからくるぶしまでの間に黒い縮れた毛が見えた。

壊れた真鍮の鐘の付いたベッドでの悪夢のような夜の記憶が蘇ってきた。何年もの歳月がどのようにして過ぎていったのか、かつての夜はどんな風だったのか、考えると奇妙な気持ちになる。そして今夜は今までの夜とは違っている。今夜がこうして二人で並んで横になる最後の夜になるのだろうか。

「ほっとするよ」彼はスプリングの軋《きし》みの音を立ててベッドに沈み込むと、ため息をついた。「この街は疲れるところだ。気がつかないで何マイルも歩いちまう。どの通りも短いからな」

「多分コンクリートの道に慣れていないからというのもあると思うよ」

「ま、ともかく決まったわけだ。こうなったら前向きに考えよう。わしも安心したよ。大学にいると窒息してしまう。お前がこの道を進むと決めたときには、黙っていたけどな。わしはお前の決心を邪魔するつもりはなかったからな。おまえ自身のことだから。しかしわしは他の子供の父親でもあるんだ。わしは娘たちのことも考えなくてはならんからな。わしは心配なんだ」

「これが一番良い決心だと思うよ」

「お前、明日ダブリンに行くのか」

「九時にね。駅に行けば九時に列車があるらしい。朝早い列車なら景色をいろいろ眺められるしね」

「わしが一緒について行かなくても大丈夫か」

「大丈夫だよ。父さんはここまでだって十分大変だったじゃないか。大丈夫、必要ない。一人で何とかできるよ」

「何か役に立つのなら、わしは一緒に行っても構わんぞ」

「いいんだ。必要ないよ。自分で行ける」

「困ったら警官に聞くんだ。そいつがなんか胡散臭い感じだったら上着に書いてある番号を覚えておくんだ」

「困ったら、そうするさ。自分の足があればどんなところでも平気さ。ちゃんと周りを見られるから」

「まず最初に街の様子を良く眺めるんだ。ダブリンはここらの街とは違うからな」

「そうするよ。お父さんも明日帰るの」

「ああ。バスでな。こんなところにいても金を使うばかりだ」

別の部屋から人が動くくぐもった音が聞こえてくる。夜の家の中での沈黙を揺るがす音だ。窓の外のコンクリートの通りでは足音が絶え間なくしている。

「今度は世の中へひとり立ちというわけだな」

「ええ」

「もうわしらは一緒にはいられない。わしたちの間には、どこの家でもそうだろうが、良いときも悪いときもあったが、もうそんなことはどうでもいい」

「ああ。大したことじゃないよ」

「狭いあの家の中にわしらはいつも閉じこめられていたが、何があっても切り抜けてきた。それが大事なことなんだ。お前はそれらに負けずに、奨学金を勝ち取った。あの日はとても良かったな、ロイヤル・ホテルに行った日は」

「いい日だったね。あの日はとても楽しかったよ。お金も随分かけて」

「あれくらいの浪費は時々ならどうということはない。いつもあんな風に過ごしたら、すぐにキチガイ病院行きになるがな」

「そうだね。そんな風に思ったことはなかったけど」

「今までたくさんのことが起こったものさ。どちらも立派な聖人さまじゃないしな。時には爆発もするさ。お前はわしを抑えることはできないし、わしもお前を抑えられない」

「そうだね。ぼくは他の父親に、他の方法で育てられたんじゃないからね」

「母さんが生きていればもうちょっとはましだったかもしれないがな。父親というのは家の中のことはあまり良く分からんし。しかしお前たちは、父親が何があってもお前たちを大事に思っていた、ということは分かっていただろう。もちろん将来何が起きてもそうだがね」

「ぼくもお父さんのことをずっと大事に思うよ。分かってるよね」

「分かっているさ」

世界中の人が、この父親のため、この息子のため、そして全てのもののために、今晩こちらを向いて、この退屈な夜に泣き喚くべきだ、というような気がしたが、そんなことにはならなかった。

窓の下のコンクリートの通りの上の足音の彼方から、列車の転轍の音が聞こえてきた。

「寝ましょう」

「そうだな。明日も朝早くから歩かなきゃいかんからな」

「それじゃお休み、お父さん」

「お休み、息子。お前に神の祝福があるように」

訳者あとがき

本書は一九六五年にフェーバー・アンド・フェーバー社より刊行されたアイルランドの作家、ジョン・マクガハンの第二長篇 *The Dark* の全訳である。一九五〇年代のアイルランド西部、ロスコモン州の小さな村を主な舞台にして、専制的な父親の元で、自分の将来についてさまざまに思い悩んで成長していく一人の若者の物語である。内容についてここで屋上屋を重ねる必要はないと思うが一つだけ、この作品が発表当時発禁処分を受けたということに触れておきたい。現在の読者の目から見ると不思議なことのように思われるかもしれないが、本書で描かれたような自慰、父親や神父から受ける性的虐待などの描写は、アイルランドではそれまでに無い衝撃的なものだったのである。また読者は主人公の青年が、罪を犯したことを異常なまでに恐れるのを大げさと思われるかもしれないが、カトリックの教えを幼い頃から家でも教会でも刷り込まれた青年が、地獄に対して持つ恐れは、同じアイルランドの作家ジェイムズ・ジョイスの『若き日の芸術家の肖像』や、近くはフランク・マコートの『アンジェラの灰』などでも見られるように、特別のことではなかった。

名前を与えられていない主人公が、客観描写で「彼」と呼ばれていたかと思うと、語り手によって「お前」と呼ばれ、あるいは「ぼく」という一人称で語りだしたりと、文体的にも工夫が凝らされているし、主人公の意識が突然入り込んできたり、短かめの長篇であるが密度の濃い作品になっている。

本書は彼の長篇の翻訳としては初めての作品になるので、恐らく多くの読者にとってマクガハンの名前はなじみのないものかもしれないが、現在のアイルランドを代表する重要な作家の一人である。彼が作品で描く世界はほとんどがアイルランド西部の田園地帯が舞台になっていて、必ずしも大きな広がりを持つものではないが、そこで暮らす人々の、楽しみや、悩み、苦しみなどが的確に描かれていて、時代も、環境も違う、ましてカトリックに縁のない人間にとっても、共感することができる普遍的な作品になっていることは、本作からも十分うかがえるだろう。

ジョン・マクガハン John McGahern は一九三四年十二月に、警察官の父と小学校教師の母との間にダブリンで生まれた。しかし子供時代は父がロスコモン州の警察の宿舎に単身赴任していたので、母親と共にリートリム州の田園地方に暮らし、時々父の住むクートヒルという街まで出かけていったり、あるいは父が彼らを訪ねにきたりという生活を送った。二〇〇五年秋に出版される予定の *Memoir* からの抜粋が、雑誌 *Granta* No.88（二〇〇四年冬号）に載せられているが、そこには当時の母親との生活が、アイルランドの田舎の美しい自然描写と共に、懐かしく描かれている。しかしその母親も彼が十歳のときに亡くなり、それ以後は父親の警察宿舎で暮らすことになる。近くに住むある家族の家の書物をむさぼり読んで育ったということだ。それを示すエピソードが、アン・ファディマン Anne Fadiman という作家が一九九八年に出した *Ex Libris* という随筆集（二〇〇四年、草思社より相原真理子訳『本の愉しみ、書棚の悩み』として翻訳が出ている）の中に見ることができる。マクガハンは一旦書物にはまってしまうと、周りで妹たちに何をされても気がつかず、すわっていた椅子を取られて始めて、「本から目ざめた」というほど読書に没頭していたそうだ。学生時代には神父になることを考えたことがあったということだが、五四年にセント・パトリック教員養成大学を卒業後、ドロヘダで教職についている。同時にダブリンのユニヴァーシティー・カレッジで学んだ。翌年はダブリンのクロンターフの小学校に職を得ている。その頃からダブリンにあった文学サークルのいくつかに参加してパトリック・カバナーなどを知るようになり、創作を始めた。一九六三年に最初の長篇 *The Barracks* を発表し好評を得、一九六五年には、フィンランド人の舞台監督であり作家でもあるアンニッキ・ラークシと結婚。本書は彼女に捧げられている。彼女とは一九六七年に共同でフィンランドの作家ヴェイヨ・メリ Veijo Meri の小説 *Manillaköysi* を *The Manila Rope* として英訳出版した。しかし彼女とは後に離婚している。また同じ一九六五年には本書を発表するが、先に触れたように、アイルランド出版・映画検閲局によって発禁処分を受けた。同時にダブリンのマッケイド大司教の命令で職も奪われ、ロンドンに移り住み、そこで臨時の教員をしたり、建築現場の労働者として働き、糊口をしのいだ。一九七〇年にリートリムに小さな農場を求め、七四年以後現在までそこに暮らしている。

二〇〇四年十一月にはEU議長国オランダが中心となって企画した文化イベント、「EU文学祭・西と東の出会い」にティム・クラベ（オランダ）、アルド・ノーベ（イタリア）、グレゴール・ヘンス（ドイツ）、レーナ・クルーン（フィンランド）、ヨナス・メカス（リトアニア）、ヤーン・カプリンスキー（エストニア）といった作家達の一員として初来日をし、東京の六本木の会場や、早稲田大学で自作の短篇『朝鮮』 ***Korea*** などを朗読し、元気な姿を見せてくれた。

今まで触れた以外の彼の作品は以下の通りである。

長篇小説

The Leavetaking　1974（改訂版が 1984 年に出版）

The Pornographer　1979

Amongst Women　1990

That They May Face the Rising Sun（アメリカ版は By the Lake）　2002

短篇小説集

Nightlines　1970

Getting Through　1978

High Ground　1985

The Collected Stories　1992　上記三冊の短篇集の作品に、二つの新しい短篇を加えたもの。多くの作品が改稿されている。この中から十五篇が『男の事情　女の事情』（国書刊行会、二〇〇四）として翻訳されている。

戯曲

The Power of Darkness　1991

回想録

Memoir　2005 年秋に出版予定。

必要と思われる箇所には注を付したが、主な舞台であるロスコモンを初めとして、馴染みのあるなしにかかわらず、ほとんどのアイルランドの地名はそのままにしておいた。

このあとがきを書くに当たってエイモン・マー Eamon Maher 著 *John McGaheren: From the Local to the Universe*（The Liffey Press, 2003）を参考にさせていただいた。

最後に個人的なことだが、本文の校正を終え、このあとがきに着手した矢先に、本書の出版を楽しみにしていてくれた年下の友人植木孝二君が亡くなった。彼にこのつたない訳書を捧げたい。

東川正彦

二〇〇五年五月

東川正彦（ひがしかわまさひこ）
一九四六年東京都生まれ。
早稲田大学第一文学部卒業。
小説に『虹』（『群像』一九七〇年）、
翻訳にジョン・マクガハンの短篇集
『男の事情　女の事情』（国書刊行会、二〇〇四年）
の中の『ラヴィン』がある。

青《あお》い夕《ゆう》闇《やみ》

二〇〇五年六月十日初版第一刷印刷
二〇〇五年六月十六日初版第一刷発行

著者　ジョン・マクガハン
訳者　東川正彦
発行者　佐藤今朝夫
発行所　株式会社国書刊行会
東京都板橋区志村一―十三―十五　〒一七四―〇〇五六
電話〇三―五九七〇―七四二一
ファクシミリ〇三―五九七〇―七四二七
URL：http://www.kokusho.co.jp
E-mail：info@kokusho.co.jp
印刷所　山口北州印刷株式会社＋株式会社ショーエーグラフィックス
製本所　有限会社青木製本

ISBN4-336-04708-1　C0097

男の事情　女の事情

ジョン・マクガハン／奥原宇＋清水重夫＋戸田勉編

四六判／二五二頁／定価二四一五円

雨。このダブリンのいつもの天気が僕の恋と傘を結びつけた。一夜限りの情事、少年の性の目覚め。アイルランドの世相を、哀しく、エロティックな筆致で描いた、現代アイルランド第一の作家の傑作短篇集。

ウルフ・ソレント（I・II）

ジョン・クーパー・ポウイス／鈴木聡訳

A5判／各四六四頁／定価各三七八〇円

ドストエフスキーやトルストイをも凌ぐ圧倒的な文学世界を構築したポウイスが、凶々しいまでに繁茂するドーセットの自然を背景に、人々が織りなす魂と実存のドラマを描いた、二十世紀最高の文学作品。

求む、有能でないひと

G・K・チェスタトン／阿部薫編訳

四六判／二六〇頁／定価一八九〇円

逆説のモラリストが新聞、雑誌等に発表した痛烈時事エッセイをピックアップ。科学技術と宗教が支配する近代社会の迷妄を喝破する、現代日本にも通ずる警句に満ちた箴言集。

ハードライフ

フラン・オブライエン／大澤正佳訳

四六判変型／二四〇頁／定価二一〇〇円

綱渡り上達法やインチキ特効薬、孤児の兄弟が次々に考案する珍妙ないかさま商売の顛末は……。軽快な会話と不思議なユーモア、アイルランド文学の奇才フラン・オブライエンの「真面目なファルス」小説。

定価は改定することがあります。